KB110850

암자에는
물 흐르고
꽃이 피네

암자에는
물 흐르고
꽃이 피네

정찬주

민음사

가슴에 물 흐르고 꽃이 피기를

작가의 말

산중 암자를 찾아다닌 지 어느새 7년이 되었다. 그 동안 나그네가 되어 들른 암자만 해도 100여 군데는 되는 것 같다. 물론 신문사나 월간지의 요청으로 다닌 산행길이 대부분이었지만 그래도 등산을 업으로 하는 사람도 아닌 내가 그 많은 암자들을 찾아다닌 것은 불가(佛家)의 문법을 빌리자면 참으로 〈지중한 인연〉이 아닐 수 없다.

암자는 나에게 인생의 징검다리였다는 느낌이다. 40대 초반에 다니기 시작하여 지금은 50대를 바라보고 있으니 40대 인생을 다 지나온 셈이다. 맨 처음 암자를 찾아갔을 때는 어머니 같은 암자의 조촐한 모습에 반하여 허한 마음을 뉘었고, 차츰 암자의 내면을 알게 되면서부터는 단순히 산봉우리 밑에 있는 작은 집이 아니라 구불구불한 산길이 탯줄이라면 암자는 내 정신의 모태가 아닌가 하는 깨달음이 들어 찬 계곡물에 얼굴을 훔치기도 하였다.

실제로 수행자들에게 있어 암자는 진리의 모태 같은 곳이다. 오래된 암자마다 고승들의 치열한 수행 사연들이 전설처럼 구전되어 정진하는 수행자들에게 옛 거울(古鏡)이 되고 있음이다. 이 책에서도 소개되고 있지만 가야산 백련암에는 아직도 성철스님의 삼천배가 화두로 살아 있고, 태백산 도솔암에는 자신의 손가락 열두 마디를 기름불에 태운 일타스님의 그림자가 또렷하고, 백암산 운문암에는 이 시대의 노선객 서옹스님이 흰 구름 한자락처럼 미소짓고 계신 것이다.

그런가 하면 암자에서 펼쳐지는 풍광 자체가 하나의 장엄한 말씀으로 다가오기도 한다. 천불(千佛)의 형상을 이룬 천불동이 한눈에 드는 설악산 금강굴이나, 만리(萬里)를 불어온 바람에 온갖 약초들이 향기를 풍기는 해발 9백3십 미터 산중의 속리산 상고암, 서해의 핏빛 일몰이 동백 꽃잎들처럼 후두둑 낙화하는 두륜산 진불암 등이 그곳이다.

암자는 산짐승의 발길이 잦은 대신에 사람의 발길이 뜸한 곳이다. 그만큼 우리 시대의 마지막 남은 청정한 공간이다. 그래서인지 나는 암자에서 잘 때는 꿈 없이 깊은 잠을 잔다. 밤에 꿈을 꾼다는 것은 욕심과 집착의 미망(迷妄)에 허둥댄다는 것이 아닐까. 다행히 암자에서는 저잣거리의 헛된 꿈들이 잠시 접히는지 꿈을 꾸지 않고 달콤

한 잠에 빠지는 것이다.

그런 사연 때문일까. 암자에서 하룻밤 자고 나면 단전에 힘이 솟고 머릿속이 옹달샘처럼 맑아지곤 한다. 하룻밤 잘 시간이 없다면 마루나 뜨락에서 서성거리는 동안 표주박으로 돌샘물을 떠서 한 모금만 마셔도 힘이 솟는 자리가 암자이다. 그래서 나는 삶이 힘겨운 이들에게 산중 암자를 가보라고 권하곤 한다.

아무리 상처가 깊어 눈앞이 막막하더라도 암자의 수행자가 따라 주는 차를 한잔 마셔보라. 차의 첫 향기에 슬며시 미소짓는 수행자의 해맑은 얼굴을 보라. 자신도 어느새 암자의 종소리가 남긴 여음에 산그늘 접힌 청산처럼 귀기울이고 있음을 발견하게 될 것이다.

이때부터는 누구라도 자신의 속뜰에 물이 흐르고 꽃이 피어나는 새로운 인생길이 열리리라 믿는다. 일찍이 추사(秋史) 김정희도 고요한 방에 앉아 홀로 차를 마시면서 깨달음의 순간을 놓치지 않고 〈물 흐르고 꽃이 피네〉라고 노래한 적이 있다. 청산에만 물이 흐르고 꽃이 피는 것이 아니라 누구라도 깨달음이 열리는 순간 자기 자신의 속뜰에도 물이 흐르고 꽃이 피어난다는 소식을 노래하였음이다.

추사의 다선송(茶禪頌)을 내 식대로 의역해서 풀이해 보니 다음과 같은데, 선(禪)의 경계에서 많이 비켜나 있더라도 이해해 주기 바란다.

정히 앉은 곳
차는 향기 처음 같고

깨닫는 순간
물 흐르고 꽃이 피네

靜坐處 茶半香初
妙用時 水流花開

　추사의 〈다선송〉을 떠올리는 순간 나는 망설이지 않고 이 책의 제
목을 〈암자에는 물 흐르고 꽃이 피네〉라고 붙였다. 산중 암자를 찾
아가 시절 인연으로 작은 깨달음을 얻을 수 있다면 그 사람 역시 물
흐르고 꽃 피는, 생살이 돋는 것 같은 삶을 체험할 테니까.
　참고로 읽어보면 곧 알겠지만 이 책은 전국의 산중 암자 30군데
기행문과 〈새벽 예불에 띄우는 편지〉라는 18편의 편지글을 묶은 것
인데, 〈새벽 예불에 띄우는 편지〉는 내가 해인사와 통도사, 백련암
등 절에서 발간하는 사보에 우리 시대의 스승이 된 성철스님, 현재
해인사 방장 법전스님, 그리고 중국의 초조에서 육조까지인 달마, 혜
가, 승찬, 도신, 홍인, 혜능스님에게 띄운 글들이다. 물론 응답이
없는 편지글이지만 고승들의 삶을 통하여 우리네 구겨진 삶을 비춰

보는 내용인즉 불자가 아니더라도 보탬이 될 듯 싶어 의도적으로 암자 기행문과 합친 것이니 잘 살펴보았으면 고맙겠다.

누군가가 이 책을 읽는 것만으로도 나의 경험과 합일되어 진정 위로가 되고 힘이 되었으면 싶다. 어쩌면 이 책이 나에게는 매우 의미가 있는 상징이 될지도 모르겠다. 이 책을 분기점으로 하여 나도 이제 떠돌이 나그네 생활을 청산하고 마음속에 그리던 암자를 한 채 지어 청산에 살고 싶은 것이다. 작은 절이 가까이 있어 심성 고운 수행자가 머물고, 차나무를 심는 이웃이 산다면 얼마나 좋을까. 앞에는 대숲, 뒤에는 솔숲이 있는 삼간 규모의 암자를 하루에도 몇 번이나 짓고 허물고 하는 것이 요즘 나의 번뇌 망상이다.

끝으로 올해는 침향(沈香)처럼 깊이 가라앉아 암자 기행 이야기를 쉴 계획이었으나 민음사 주간 박상순님과 2년 전에 약속하여 그 신의를 지키고자 발간한다는 점을 밝힌다. 월간 〈신동아〉에 암자 기행 원고 첫 회를 연재할 때부터 책에 관한 얘기가 서로 오고갔던 바, 이런 인간적인 속사정도 지그시 안고 사는 게 인생이 아니겠는가 하는 단상(斷想)에 잠기면서 편집하느라 고생한 민음사 편집부 여러분에게 감사를 드린다.

2000년 7월

정찬주

차례

작가의 말

눈으로 보는 것 없으니 분별이 사라지고

성불의 불꽃이 된 손가락 열두 마디 · 합천 가야산 지족암 | 17

매화는 숨지만 향기는 숨길 수 없네 · 합천 가야산 희랑대 | 23

무엇이 삼천배인가 · 새벽 예불에 띄우는 편지 | 28

볶은 배추씨를 밭에 뿌리다 · 새벽 예불에 띄우는 편지 | 35

듣는 소리 없으니 시비가 끊어지네 · 합천 가야산 삼선암 | 43

나에게 절하지 말고 너에게 하라 · 합천 가야산 백련암 | 47

큰스님은 큰 시인 · 새벽 예불에 띄우는 편지 | 53

한방울의 참기름 · 새벽 예불에 띄우는 편지 | 61

고양이도 스님의 법문을 듣는구나 · 대구 팔공산 부도암 | 69

두껍아 두껍아, 헌집 줄게 새집 다오 · 양산 영축산 백운암 | 75

길손에게 딱따구리도 인사하는 암자 · 고성 연화산 백련암 | 81

꽃필 때는 춤추는 게 좋다 · 새벽 예불에 띄우는 편지 | 86

귀로 듣는 것 없으니 시비가 끊어지네

천불동이 한눈에 드는 동굴 법당 · 속초 설악산 금강굴 | 95

입 다문 바위들도 기도하는 성지 · 인제 설악산 봉정암 | 101

나일론 양말을 도끼로 찍으시다 · 새벽 예불에 띄우는 편지 | 105

토굴의 종은 왜 울렸나 · 새벽 예불에 띄우는 편지 | 112

전생을 알려면 오늘의 자신을 보라 · 속초 설악산 내원암 | 119

아침 햇살에 둥신불로 빛나는 너와집 · 평창 오대산 서대 염불암 | 123

까치가 떠나는 절을 보며 · 새벽 예불에 띄우는 편지 | 126

지극한 마음으로 · 새벽 예불에 띄우는 편지 | 133

길 없는 길 끝에서 만나는 암자 · 봉화 태백산 도솔암 | 141

썩은 것이 어찌 나무다리뿐일까 · 봉화 태백산 백련암 | 147

눈길에 저절로 씻기는 헛 욕심 · 안양 삼성산 염불암 | 153

그 스승에 그 제자 · 새벽 예불에 띄우는 편지 | 157

분별도 시비도 훌훌 놓아버리고

작은 꽃에도 뛰는 가슴이고 싶소 · 보은 속리란 중사자암 | 165

청솔모가 잣 따는 스님에게 항의하네 · 보은 속리산 상고암 | 171

혜가스님은 프로 · 새벽 예불에 띄우는 편지 | 176

하심은 자비를 싹트게 한다 · 새벽 예불에 띄우는 편지 | 183

힘겨운 이에게 웃음 주는 돌부처 · 서산 가야산 마애삼존각 | 191

제 몸에 있는 도둑부터 잡으시게 · 공주 계룡산 고왕암 | 197

스님의 공양을 받는 계룡산 산신 · 공주 계룡산 중악단 | 203

불행은 업장을 씻어주는 파도 · 새벽 예불에 띄우는 편지 | 207

미워하고 사랑하지 않으면 · 새벽 예불에 띄우는 편지 | 213

꽃도 귀신이 되어 암자를 지키네 · 구례 지리산 구층암 | 221

어머니의 힘을 다시 받는 산길 · 남원 지리산 서진암 | 227

간절한 확신은 어디에서 오는가 · 새벽 예불에 띄우는 편지 | 231

오직 마음부처 찾아 스스로 귀의하라

날마다 어머니에게 차 공양 올리리 · 구례 지리산 탑전 | 241

할머니 냄새가 나는 암자 · 구례 지리산 상선암 | 247

불상은 없어도 부처님은 있다 · 구례 지리산 문수대 | 253

위로받아야 할 한반도의 연꽃들 · 새벽 예불에 띄우는 편지 | 258

아이야, 어서 눈물을 거두어라 · 새벽 예불에 띄우는 편지 | 265

뜻밖에 받은 나그네의 생일상 · 고흥 운람산 수도암 | 273

달빛을 길벗 삼아 산길을 오르며 · 승주 조계산 천자암 | 279

우리는 한 뿌리에서 나온 이파리 · 해남 두륜산 진불암 | 285

누가 관세음보살이 되는가 · 해남 두륜산 관음암 | 289

무상스님을 다시 기다리며 · 새벽 예불에 띄우는 편지 | 293

눈덩이로 불을 꺼 지킨 암자 · 장성 백암산 청류암 | 301

나무 이름들도 화두가 되네 · 장성 백암산 운문암 | 305

눈으로 보는 것 없으니
분별이 사라지고

나무가 아름다운 것은 잎을 떨굴 줄 알기 때문이다. 지족암 일주문

성불의 불꽃이 된 손가락 열 두마디

| 가야산 지족암 |

산길에 떨어져 구르는 것이 어찌 낙엽뿐일까. 일주문 안으로 들어서니 석양의 햇살도 가랑잎처럼 떨어져 나뒹굴고 있다. 여기가 바로 희랑(希郎)스님이 최치원과 시문을 나누었다는 지족암(知足庵). 그들의 흔적은 없지만 세속의 시간을 뛰어넘어 오가는 구름과 바람은 그대로이다.

나그네는 일주문에 내어걸린 편액을 보고 암자를 잘못 찾아왔나 싶어 잠시 걸음을 멈춘다. 편액에는 〈지족암〉이 아니라 〈도솔암〉이라고 쓰여 있다. 어쩌면 지족이란 도솔의 다른 이름이거나 뜻이 비슷한 동류항인지도 모른다. 도솔이란 다 알다시피 미래의 부처인 미륵보살이 머물러 사는 곳이고.

그렇다면 이곳에 사는 스님은 미륵이 되기를 꿈꾸고 있는지도 모른다. 그러나 오늘은 그런 궁금증을 살짝 접어둘 수밖에 없다. 지족암에만 30여 년을 머물고 있다는 암자의 주인 일타(日陀)스님이 마침 외출하고 안 계시기 때문이다. 한 달 전에 나그네는 불일증휘(佛日增輝)라는 스님의 글씨를 선물받은 적이 있으므로 반갑게 찾아왔는데, 사실은 몇 년 전부터 스님께서는 병원을 오가며 육신의 암(癌)을 다스려왔다고 한다.

당시 월간 《신동아》에 발표했던 원고를 손보고 있는 지금은 스님께서 입적하시어 이 세상에 없다고 하니 나그네는 멀리서나마 잠시 합장하여 명복을 빈다. 생이란 허공에 잠시 나타났다가 홀연히 흩어지는 한 조각 뜬구름 같다는 불가의 금언이 있지만 그래도 우리 곁의 한 스승이 떠난다는 것은 여간 쓸쓸한 일이 아닐 수 없다. 다시 그때(1998년 12월)로 돌아가 그 시간의 정경을 떠올려 본다.

생활 한복을 입은 행자 한 명이 법당에서 염주를 세어가며 간절하게 절을 하고 있다. 일타스님을 12년째 시봉하고 있다는 혜관(慧關)스님은 암자의 어두컴컴한 뒷방에서 홀로 찻물을 끓이고 있고.

「큰스님께서는 우리들이 흉내낼 수 없는 두 가지를 보여주셨습니다. 하나는 친가, 외가, 머슴까지 합쳐서 49명의 일족이 불문에 귀의한 것이고, 또 하나는 스님께서 강원 생활을 마치고 26세 때 오대산 적멸보궁에서 용맹정진을 맹세하면서 스스로 오른 손가락 열두 마디를 기름불에 태우신 일입니다」

낙엽과 석양의 햇살이 함께 뒹구는 지족암 법당

일타스님께서 써주신 불일증휘란 뜻이 이제야 풀리는 느
낌이다. 그 휘호야말로 해의 광명 같은 지혜로운 부처의
빛을 더욱 눈부시게 하라는 당부의 글이 아닐 것인가. 사
람 노릇 못하더라도 스님 노릇 잘하려고 자신의 오른 손
가락 열두 마디를 다 태운 스님의 마음이 훈습(薰習)되어
있기 때문이다.
　　　──「성불의 불꽃이 된 손가락 열두 마디」 중에서

지금도 일타스님의 오른손에서는 성불을 향한 불퇴전의 불꽃이 타오르고 있을 것만 같다. 「일타스님께서 써주신 불일증휘란 뜻이 이제야 풀리는 느낌이다. 그 휘호야말로 해의 광명 같은 지혜로운 부처의 빛을 더욱 눈부시게 하라는 당부의 글이 아닐 것인가. 사람 노릇 못하더라도 스님 노릇 잘하려고 자신의 오른 손가락 열두 마디를 다 태운 스님의 마음이 훈습(薰習)되어 있기 때문이다」

그런데 들먹이는 것조차 망설여지는 오늘의 총무원 풍경은 부끄럽기만 하다. 스님 노릇은 안하고 사람 노릇만 잘하려는 자들이 신성해야 할 조계사를 부끄러운 터로 만들어놓고 있는 것이다. 모든 것을 버리고 출가한 마당에 왜 세속적인 욕망에 집착하는 것인지 안타깝기 그지없을 뿐이다. 혜관스님이 들려주는 말이 다시 귓가에 맴돈다.

「큰스님께서 하신 말씀 중에 이런 것이 생각납니다. 우리 수행자는 부처님처럼 도를 배우고 행하고 지키러 왔지 돈 벌러 안 왔다. 우리 수행자는 부처님처럼 법(진리)을 배우러 왔지 밥 벌러 안 왔다」

〈도〉와 〈돈〉, 〈법〉과 〈밥〉. 비록 한 음절의 짧은 말이지만 그 의미는 인생을 바꾸어버리는 엄청난 파괴력의 핵폭탄이 아닐 수 없다. 그러니 하늘과 땅만큼의 차이가 나는 이 낱말의 뜻을 알고 실천하는 것도 성불의 한 방편이 아닐까 싶다.

암자의 선방인 아자방(亞字房)을 돌아 정자에 올라앉아서도 나그네는 도와 돈, 법과 밥을 화두 삼아 한동안 생각에 잠겨 본다. 나그네는 지금 갈림길에 서서 어느 길로 가려고 하는지 자신을 되돌아보는 것이다. 어느 여가수가 열창한 유행가 가사처럼 〈사랑의 기로에 서서〉 차가운 겨울 하늘에 〈너는 누구인가〉라고 물음을 던진다.

지족암 가는 길 : 해인사에서 백련암 가는 길 중간쯤에 있는데, 자동차 통제소에서 도보로 20여 분 거리에 있다. 희랑대 바로 위쪽에 있다. (전화: 055-932-7302)

거대한 바위 절벽 위에 얹힌 희랑대 법당

지족암 법당 마당에서 보니 과연 희랑대(希朗臺)가 진경
산수화처럼 한눈에 들어온다. 어깨를 맞대고 있는 작은
가람들뿐만 아니라 희랑대 너머로 펼쳐지는 산 능선들도
한 폭의 구도 안에 잡힌다. 마침 먼 산 능선들은 선녀의
옷자락 같은 흰 구름에 가린 채 보일 듯 말 듯하여 그대
로 선경이다.

　　　　　──「매화는 숨지만 향기는 숨길 수 없네」 중에서

매화는 숨지만 향기는 숨길 수 없네

소나무와 바위가 엉킨 희랑대의 풍광을 음미하려면 반드시 지족암 법당에 올라서야 한다. 골짜기를 사이에 두고 두 암자가 사랑하는 연인처럼 서로 마주보고 있어서이다. 가까운 거리이므로 눈이 내려 산길이 끊기더라도 목탁 소리로 의사 소통이 이루어질 것 같다. 태백산의 한 암자에서 들은 얘기지만 스님들이 가장 좋아하는 국수(스님을 미소짓게 한다 하여 승소(僧笑)라고도 함)를 삶은 날에는 목탁을 쳐서 이 골짜기 저 골짜기에 있는 암자의 스님들을 불러 함께 나누어 먹는다고 한다. 그때 스님들의 발걸음은 목탁 소리에 대한 반가운 응답인 셈이다.

지족암 법당 마당에서 보니 과연 희랑대(希朗臺)가 진경 산수화처럼 한눈에 들어온다. 어깨를 맞대고 있는 작은 가람들뿐만 아니라 희랑대 너머로 펼쳐지는 산 능선들도 한 폭의 구도 안에 잡힌다. 마침 먼 산 능선들은 선녀의 옷자락 같은 흰 구름에 가린 채 보일 듯 말 듯하여 그대로 선경이다.

신라말 헌강왕 때 활동했던 희랑스님이 927년에 창건했다는 희랑대는 금강산의 암자 중 암자인 보덕굴에 비교될 만큼 그 형태가 비슷하다. 절벽 위에 지어진 새집 같은 가람의 형상 때문인데, 이곳 역시도 희랑스님의 서원과 최치원의 고뇌가 서린 장소이다. 두 사람은 기울어가는 망국의 신라와 무섭게 일어나는 개국의 고려 사이에서 절절한 시문을 주고받으며 마음을 나누었던 동시대 사람으로 상징하는 바가 크다.

최치원이 망국의 비애를 품고 가야산에서 홀연히 종적을 감추었다면, 희랑스님은 고려를 일으켜세운 왕건에게 화엄 사상을 법문하는 등 정신적으로 큰 도움을 주었다고 전해진다. 『균여전(均如傳)』에도 희랑스님을 평한 글이 이렇게 나와 있다.

〈신라 말기 가야산 해인사에 두 분의 화엄종 대가가 있었다. 한 분은 후백제 견훤의 복전(福田)이 되었고, 다른 한 분은 희랑스님인데 고려 태조 대왕의 복전이 되었다.〉

희랑대를 품은 산의 생김새가 게[蟹] 모양이라는데, 어디가 몸통이고 어디가 머리인지 물어볼 스님이 없다. 젊은 스님이 있기는 하나 암자의 터줏대감이 아닌 것 같다. 그래서 나그네는 해인사 큰절에 전해지는 이야기를 음미해 볼 뿐이다. 게는 둘이서 만나면 서로 엉켜 싸우는 성질이 있으므로 게 형상의 터에서는 두 사람이 살지 못한다고 한다.

그런데 이런 구전은 비좁은 희랑대를 놓고 스님들끼리 다투어 수행의 터로 삼으려 하니 누군가가 만들어낸 이야기가 아닐까. 산의 모양이야 그 형태가 추상적이므로 보는 이의 눈에 따라 다르기도 하고 코에 걸면 코걸이, 귀에 걸면 귀걸이인 것이다.

해인사 주지인 보광(普光)스님이 십수 년 정진했다는 희랑대. 나그네는 한 시대를 살면서도 정반대의 인생길을 걸었던 두 인물을 다시 떠올려 본다.

최치원처럼 사람들로부터 철저하게 잊혀지는 길을 택할 것인가, 아니면 희랑스님처럼 자기를 드러내며 주어진 몫을 다하며 살아갈 것인가. 천년 전 두 사람의 깊은 고뇌가 지금은 희랑대 바위에 푸른 이끼로 환생해 있는 듯하다.

두 사람의 아이러니에 하나의 결론이 모아진다. 사람들에게 혹은 역사에 자신의 이름을 잊혀지게 하면 할수록 더 드러난다는 사실이다. 매화나무가 깊은 산중에 숨는다 할지라도 골짜기를 타고 흘러가는 자신의 향기는 숨길 수 없는 것처럼.

가야산에도 저잣거리까지 퍼져가는 매화 향기가 있는가. 눈 밝고 꼿꼿한 도인이 계신다면 어찌 없을 것인가. 말없이도 말씀이 이루어

흰 구름 자락이 홑이불처럼 덮고 있는 희랑대

최치원처럼 사람들로부터 철저하게 잊혀지는 길을 택할
것인가, 아니면 희랑스님처럼 자기를 드러내며 주어진
몫을 다하며 살아갈 것인가. 천년 전 두 사람의 깊은 고
뇌가 지금은 희랑대 바위에 푸른 이끼로 환생해 있는 듯
하다.

두 사람의 아이러니에 하나의 결론이 모아진다. 사람들에
게 혹은 역사에 자신의 이름을 잊혀지게 하면 할수록 더
드러난다는 사실이다.

——「매화는 숨지만 향기는 숨길 수 없네」 중에서

지는 그 〈향기〉야말로 최상의 법문이리라. 침묵이 곧 마음을 드러내는 말씀이 아닐 것인가.

희랑대 가는 길: 지족암 가는 길로 가다 보면 계곡 옆에 암자를 오르는 돌계단이 보인다. 최근에는 돌계단을 사용치 않고 위쪽에 승용차 도로를 내 이용하고 있다.
(전화: 055-932-7301)

무엇이 삼천배인가

새벽 예불에 띄우는 편지

성철스님.

고백합니다. 스님 살아생전에 제가 백련암에 내려가지 않은 것은 법당에 들어가 삼천배 하기가 겁이 나서였습니다. 스님을 뵙고 싶었지만 바로 그런 두려움이 장애였던 것이지요. 지금 생각해 보니 겁쟁이인 제가 후회스럽고 그때나 지금이나 부끄러울 따름입니다.

불전 삼천배(佛前三千拜).

스님께서는 누구라도, 대통령이든 힘없는 무지렁이든 스님을 만나고 싶어한 사람에게 〈삼천배〉를 먼저 시켰다지요. 그래서 스님이 가시고 난 지금의 불가(佛家)에서는 그 〈불전 삼천배〉가 친숙한 화누로 남아 전해지고 있습니다. 화두 하면 중국 선종의 것만이 전해지고 있는데, 스님께서 한국식 자존의 화두 하나를 남기신 셈이지요.

스님. 그런데도 저는 참 지독한 게으름뱅이입니다. 가을이 깊어 백련암의 단풍이 절정이었던 스님의 열반 3주기 때였습니다. 저는 아내와 함께 백련암에서 며칠을 보내기 위해 찾아갔지요. 암자로 가는 언덕을 오르면서 문득 저는 〈소 잃고 외양간 고친다〉는 우리 속담을 떠올려 보고는 쓴웃음을 지었습니다. 스님을 생전에 뵙지 못하고 이제야, 그것도 열반 3주기 때에야 암자로 가고 있는 제가 한심스러웠기 때문입니다.

성철스님.

그러나 저는 때가 늦었다고는 생각지 않습니다. 변명이 아니라 당신께서 암자 어디엔가 계실 것만 같은 느낌이 들어서였습니다.

고심원(古心院)의 당신 존상(尊像)이나 초상(肖像)보다도 더 따뜻하고 인자하신 모습으로 계실 것만 같았던 것입니다. 저는 이러한 제 마음을 누구에게도 말하지 않았지요.

동행하고 있는 제 아내에게도 비밀로 하였습니다.

관음전 앞에서 원주스님의 안내로 개량 승복을 받아 입고 난 뒤, 마침내 아내가 몹시 불만스러운 얼굴로 이런 질문을 하더군요.

「당신도 삼천배 해요. 여기 오신 신도님들도 다 삼천배 하고 있잖아요. 더구나 당신은 성철스님을 소설로 쓰려는 작가 아니에요」

「내 삼천배는 좀 달라. 법당에서 삼천배 하는 것만 삼천배인가」

「당신 삼천배는 뭔데요」

「글쟁이의 삼천배는 원고지를 한 장 한 장 피를 짜듯 써나가는 거요」

할 수 없이 아내는 나의 동참을 포기하고 고심원에서 혼자 삼천배를 시작하더군요. 나중에 아내가 밝힌 것이지만 그렇게라도 대신 삼천배를 해줘야 성철스님께서 남편인 저를 만나줄 것 같아서였다고 합니다.

스님, 그때부터 저는 스님을 뵙기 위해 암자 안을 두루 형사처럼 샅샅이 살피고 돌아다녔습니다. 맨 먼저 만난 사람은 김 노인이었습니다. 저의 예상은 적중했습니다. 스님은 3년 전에 돌아가신 것이 아니라, 암자의 일꾼인 김 노인의 마음속에서 살아계셨던 것입니다. 웃을 때 수줍은 처녀처럼 손으로 입을 가리는 올해 73세의 김광지(金光之) 노인 말입니다.

성철스님.

김 노인의 얘기를 들어 안 사실입니다만 김 노인에게는 〈삼천배〉를 시키지 않았다면서요. 그냥 법당 앞에서 합장만 하라고 시키셨다는데, 저는 그 순간 바로 〈삼천배〉의 뜻이 이런 것이구나 하고 깨달았습니다. 한배를 하든 삼천배를 하든 청정한 마음이면 그만이지 절의 횟수가 중요한 게 아니라는 사실을 말입니다.

김 노인이 암자에 올라와 일을 하게 된 것은 그의 나이 50세 때였다고 하지요. 당시 고심원 이층 공사를 하고 있었는데, 그때는 나무를 때던 시절이어서 김 노인도 나무를 하는 게 일과였다면서요.

스님께서는 김 노인의 일하는 모습을 유심히 보아두고서는 이렇게 제의를 하였다고 합니다.

「김 노인, 니 머리 깎아라」

김 노인이 아내와 자식이 있다고 반대를 하자, 이번에는 다른 일꾼에게는 품삯을 주면서도 김 노인에게는 주지 않았다고 합니다. 이 부분에서 김 노인은 「아마도 큰시님께서 저를 붙들어맬라고 그란 것 같심니더」 하고 말하더군요. 저도 그렇게 생각되었습니다. 이 부분에서도 저는 세속에 잘못 전해지고 있는 소문 하나를 지울 수 있었습니다. 그것은 소위 엘리트들만 상좌로 받아들인다는 스님에 대한 잘못된 소문이었습니다.

품삯을 주지 않으면서도 묶어두려 하셨던 것을 보면 스님께서는 김 노인의 티 없는 심성을 보았고 믿었던 것이리라 여겨집니다. 그런 사람에게는 학벌도 소용없고 〈삼천배〉도 필요없는 일 아니겠습니까. 어느 날인가는 스님께서 김 노인의 귀를 잡아당기며 비밀을 하나 털어놓을 정도였으니까요.

「니하고 내하고 한 얘기는 비밀인기라」

「네」

「쓰고 남은 장작은 저 숲속에 두그래이」

「어디에 쓸라코 그럽니꺼」

어느 날, 성철스님께서 나뭇짐을 해가던 일꾼 김 노인의
귀를 잡아당기며 말씀하셨습니다.
「니하고 내하고 한 얘기는 비밀인기라」
「네」
「쓰고 남은 장작은 저 숲속에 두그래이」
「어디에 쓸라코 그럽니꺼」
「내 죽으면 화장할 나무인기라, 알겠어」
　　　　　　　　——「무엇이 삼천배인가」 중에서

「내 죽으면 화장할 나무인기라, 알겠어」

김 노인은 바로 그날부터 숲속에 나무를 모으기 시작했다고 합니다. 무려 10년이나 장작을 모았기 때문에 막상 스님의 다비식 때는 몇 트럭 분의 분량이었다고 합니다.

김 노인이 스님을 마지막으로 보았던 것은 열반하기 얼마 전 금강굴에서였다고 합니다. 금강굴에서 무를 뽑아달라는 부름이 있었는데, 그때 스님께서 당부 아닌 당부를 하셨다고 합니다.

「김 노인 니 밥 많이 묵고 오래 살그래이」

그날 이후, 스님께서 다시 한번 더 꿈속에 나타나셨다고 김 노인이 말합니다. 평소 30년째 입던 누더기를 입고, 목에는 염주를 걸고 걸어오시더랍니다.

「아이고, 큰시님. 옷이라도 갈아입고 오시지 그랍니꺼」

「뭐라카노! 내 옷이 없어 안 입는 줄 아나」

화를 내시더니 다시 부드러운 말로 이렇게 말을 계속했다고 합니다.

「김 노인, 니가 암자에 오래 있어 주니 참 좋다. 앞으로 니한테 좋은 일이 있을 기다」

스님, 그렇습니다. 김 노인처럼 스님이 가신 뒤에도 암자에 남아 스님과의 약속을 지키고자 백련암 언덕을 오르내리는 마음이 바로 〈불전 삼천배〉를 시키셨던 스님의 뜻 중의 하나가 아닙니까.

열반 3주기를 맞이한 기도 주간이었으므로 하루 종일 고심원에서는 창불(唱佛) 소리가 끊이지 않고 있었습니다. 할머니 신도들 가운데는 힘이 없어 삼천배를 중도에 포기하는 분들도 계셨지만 제 눈에는 흠으로 보이지 않았습니다. 「생전 처음으로 부도를 냈다」고 안타까워하는 바로 그 마음이 청정해 보였기 때문입니다. 그러자 옆에 있던 할머니 한 분이 「그게 무슨 부돈가. 나중에 해서 갚으면 되제」라고 위로하는 말도 저의 귀에는 참으로 아름답게 들렸습니다. 그분들의 마음속에 살아 계신 스님을 만날 수 있었기 때문입니다.

성철스님.

아내가 고심원에서 삼천오백배를 끝내고 식당으로 내려가는 길에 부축해 달라고 하자, 제가 한 말이 무엇인지 아십니까. 저 같은 사람이 지옥에 가지 않으면 누가 가겠습니까.

〈삼천배에서 오백배를 더했으니 오백배는 나를 빌려달라〉는 것이었습니다. 기를 쓰고 그냥 무임승차 하려는 저를 스님께서 생전에 보셨더라면 어땠을까요. 아마도 저는 방망이로 죽도록 맞았을지도 모를 일입니다.

스님, 아직도 정신 차리지 못하고 있는 중생입니다. 죄송합니다.

볶은 배추씨를 밭에 뿌리다

새벽 예불에 띄우는 편지

성철스님.

지난달 마지막 토요일에는 마산을 다녀왔습니다. 항공편으로 김해까지 가서 다시 공항버스를 이용하여 마산까지 갔습니다. 창원 경계에서 터널을 지나는데 스님께서 6·25전쟁 중에 잠시 머물렀던 성주사가 보이더군요. 성주사가 얼마나 마음에 드셨으면 천제굴 시절을 마감하고 그곳에다 수도원을 만들려고 하였겠습니까. 스님께서 부산과 마산 일대에서 도인으로 소문이 나기 시작한 발원지도 역시 성주사였다는 얘기를 저는 들어 알고 있습니다.

그러나 저는 성주사를 가는 것이 목적이 아니었으므로 그냥 지나쳤습니다. 스님이 천제굴 시절에 행자 생활을 했던 성일스님을 만나러 가는 것이 이번 여행의 목적이었기 때문입니다.

제가 아내와 같이 내린 곳은 창원 시외버스터미널이었습니다. 성일스님에게 전화를 하고 난 뒤, 천주산(天柱山)을 오르기 위해서였습니다. 그런데 호주머니를 뒤지던 저는 그만 등골이 오싹해지고 말았습니다. 전화번호가 적힌 수첩을 가지고 오지 않은 것이었습니다.

성철스님.

무엇을 하건 간에 확철하게 하라는 스님의 말씀을 잠시 잊어먹은 바보가 저였습니다. 준비만 철저하면 무엇합니까. 그게 실행으로 옮겨져야죠. 그나저나 저는 한동안 허둥대지 않을 수 없었지요. 공중전화 부스 옆에서 가방을 든 채 서 있는 아내를 바라보기도 민망한 일이었습니다. 아내가 조금만 실수를 해도 너그럽게 봐주지 못하는 옹졸하고 소심한 저였기 때문이었습니다.

잠시 후, 겨우 기억을 되살려 성일스님이 머물고 있다는 〈석불암〉을 114안내로 물었지만 허사일 뿐이었습니다. 조계종 사암이 아니어서 그런지 〈석불암〉은 전화번호부에 등재되어 있지 않은 것이었습니다.

몇몇 스님에게 전화를 해봤지만 출타중이었고, 또한 성일스님의 전화번호를 알 리가 없었습니다. 그렇다고 그 자리에서 서울로 다시 돌아온다는 것은 말도 안 되는 일이었습니다.

어렵게 신청하여 허락받은 토요일 휴무를 그렇게 낭비할 수는 없기 때문이었습니다. 그때 옆에 서 있던 아내가 대구의 만수스님을 들먹였습니다. 순간 저는 눈앞이 환해지는 느낌이었습니다. 만수스님이 제게 성일스님의 전화번호를 알려주었던 것이고, 그 스님의 절 이름을 똑똑히 외우고 있어서였습니다.

금각사. 한자를 어떻게 쓰는지는 모르겠지만 일본 작가 미시마 유키오의 작품 〈금각사〉와 동명이어서 뇌리에 선명하게 입력되어 있었던 것입니다.

성철스님.

이렇게 겨우겨우 성일스님을 다시 만나게 되었는데, 스님을 만나는 것은 두번째인 셈이었습니다. 고생 끝이라 첫번째보다 더 반가웠습니다. 그리고 첫번째 만났을 때보다 더 귀한 증언을 해줄 것만 같은 기분도 들었습니다. 사실 첫번째 만났을 때는 여러 스님과 함께 만났으므로 큰스님에 대한 한두 개의 일화 정도만 들었을 뿐, 그것도 제 귀에 쏘옥 들어오는 얘기는 없었던 것입니다.

그런데 스님, 사람들은 오늘 제가 하고자 하는 얘기에 실망을 할지도 모르겠습니다. 큰스님은 확연대오(廓然大悟)하여 그야말로 완벽한 분인데, 스님의 실수담을 짓궂게 끄집어내고 있으니 말입니다. 그러나 스님, 몸에 따뜻한 피가 흐르는 인간인 이상 실수가 없는 사람이 이 세상에 어디 있겠습니까.

저는 스님에 관한 이야기를 들을 때마다 늘 긴장을 하고 진지하게 들었습니다만 이번에 성일스님한테 들은 실수담에서는 하하하 마음

두 어린 행자가 배추씨를 밭에 뿌리고 있던 중 갑자기 소
나기가 내렸다고 합니다. 그래서 어린 행자들은 배추씨가
든 그릇을 밭에 두고 추녀 끝에서 소나기를 피했던 것인
데, 배추씨는 그만 빗물에 젖고 맙니다. 낭패를 본 어린
행자들은 배추씨를 불에 말려서 뿌리기로 했고, 성철스
님은 내심 〈역시 내가 똑똑한 행자를 두었어〉하고 흐뭇
하게 지켜보셨다고요. 그러나 불에 말린 배추는 끝내
싹을 틔우지 않았고, 나중에 실수를 깨닫게 된 스님과 행
자들은 〈우리들은 밭에 볶은 배추씨를 뿌린 바보들〉이라
며 우스갯거리로 삼았다지요.
　　　　　——「볶은 배추씨를 밭에 뿌리다」 중에서

껏 웃으며 들었답니다. 비로서 스님이 저에게 가까이 다가서는 할아버지 같은 느낌도 들었고요.

그렇습니다. 〈웃음을 주는 그 얼굴이 참공양〉이라는 말이 있지 않습니까. 성일스님과 저는 시종 하하하 웃으며 큰스님의 체온을 느낄 수 있었습니다.

성철스님.

성일스님 얘기로는 추석 전이었다고 합니다. 당시에는 정진하는 스님을 두 어린 행자가 시봉하면서 살고 있었다면서요. 한 행자는 이 행자, 다른 행자는 진 행자라고 불렀는데, 이 행자는 오늘의 성일스님이고, 진 행자는 바로 천제스님이지요.

저는 그 사건을 이렇게 들었습니다. 두 어린 행자가 배추씨를 밭에 뿌리고 있던 중 갑자기 소나기가 내렸다고 합니다. 그래서 어린 행자들은 배추씨가 든 그릇을 밭에 두고 추녀 끝에서 소나기를 피했던 것인데, 배추씨는 그만 그릇을 채운 빗물에 젖고 맙니다. 비가 그치고 난 후, 씨를 뿌리려고 해도 젖은 씨들이 덩이가 져 뿌릴 수가 없게 되고 맙니다.

할 수 없이 이 행자는 꾀를 내었다고 합니다.

「아마 제가 머리를 썼을 겝니다. 씨를 불에 말려서 뿌리자고 말입니더」

온돌에 말리기에는 너무 젖어서 이 행자는 진 행자와 함께 불에 말리자고 약속을 합니다. 그래서 이 행자는 풍로에 숯을 넣고 진 행자는 숯에 불이 잘 붙도록 부채질을 했다고 합니다. 큰스님은 〈역시 내가 똑똑한 행자를 두었어!〉 하듯이 두 어린 행자의 행동을 흐뭇하게 지켜보고 있었고요.

「배추씨를 볶은 것은 세 사람의 합작품이었심더」

밭에 뿌린 볶은 배추씨가 싹트지 않은 것은 당연한 일이었습니다. 그런데 세상의 일을 까맣게 잊어버린 천제굴의 신선들은 씨를 갖다 준 마산 신도들을 원망했습니다.

소나기가 내리기 전에 뿌린 씨들은 파랗게 싹을 틔우고 있는데, 그 후에 뿌린 씨는 감감무소식이니 그럴 수밖에 없었을 것입니다.

스님께서도 신도가 오자 이렇게 말씀하셨다면서요.

「너는 어떤 씨를 사왔길래 저렇게 배추가 나고 안 나고 그러노」

그러나 두 행자를 밖으로 불러내 자초지종의 얘기를 들은 그 신도가 도리어 스님께 항의를 하자, 허허 웃으며 〈우리들은 밭에 볶은 배추씨를 뿌린 바보들〉이라고 천제굴 시절 동안 계속해서 우스갯거리로 삼았다는 얘기였습니다.

성철스님.

저는 솔직히 스님의 실수가 아주아주 고소합니다. 그러면서도 스님이 시계를 달걀로 착각하여 끓는 물에 집어넣은 아인슈타인 같이도 느껴집니다. 출가하기 전, 소년 시절에는 경호강변에서 밭을 갈고 씨를 뿌려봤을 터인데도 성성한 화두의 불길로 세속의 번다한 소식을 모두 태워버린 당신이 탈속해 보이기 때문입니다. 볶은 배추씨를 뿌리고도 싹을 기다린 두 어린 행자 역시도 세속의 때가 느껴지지 않는 틀림없는 동자(童子)였고요.

그렇습니다. 상대성 이론을 향해 몰두하던 아인슈타인이나 화두를 든 당신이나 선가의 말로 〈오매(寤寐)가 일여(一如)된 분〉이라고 믿을 수밖에 없습니다. 스님께서는 늘 수좌들이 찾아오면 〈나하고 얘기하는 도중에도 화두가 성성하냐〉고 물었다지요. 스님, 저는 지금 잘못을 저지른 아이처럼 가슴이 두근거립니다. 저에게는 그 경책의 말씀이 〈소설이 성성하느냐〉라는 얘기로 들리니 말입니다.

스님, 무슨 일을 하건 간에 볶은 배추씨를 뿌리고 나서 싹을 기다릴 정도는 돼야 확철하게 자기 생을 산다고 할 수 있지 않을까 싶습니다.

분별도 시비도 놓아버리게 하는 삼선암 개울물 소리

듣는 소리 없으니 시비가 끊어지네

| 가야산 삼선암 |

하늘이 깊은 방죽처럼 푸르다. 살얼음이 낀 듯 얼굴이 반사되어
비칠 것만 같다. 해인사 입구 계곡가에 있는 삼선암(三仙庵)은 조선
고종 30년(1893년)에 비구니 자홍(慈洪)스님이 창건했는데, 세 봉우
리 밑에 있다 하여 암자 이름을 그렇게 지었다고 전해진다. 그러나
암자의 비구니 스님들은 암자 옆 계곡에서 세 명의 신선이 놀았다
하여 삼선암이라고 불렸을 거라고 다른 설명을 해준다.

암자 마당에 있는 두 개의 큰 바위에도 신선이 놀다 갔다고 한다.

「가야산 암자 중에서 단풍이 가장 좋아요. 우리 암자 자랑할 게
뭐 있나요. 올해로 97세 된 정행(淨行) 노스님이 계신 것 말고는」

세월은 무심히 흐르고 있다. 나그네가 이 말을 들은 지가 1년여밖
에 안 됐는데 정행 노스님도 이제는 입적하시고 우리가 발을 딛고

있는 사바 세계에 안 계신다. 당시 육신을 뉘고 계시는 당신의 모습이 와불(臥佛)처럼 가슴에 와 닿았던 기억이 지금도 새롭다. 스님의 극락왕생을 믿으며 다시 그때의 정경으로 돌아가 보자.

이곳에서는 밭에 콩을 심고 수확하여 직접 메주를 쑨다고 한다. 햇볕이 드는 암자의 토방에 메주가 질서 정연하게 해바라기를 하고 있다. 그러고 보니 삼선암 스님들은 목탁만 치는 게 아니라 농사일에도 땀을 흘리는 모양이다. 기둥에 매달린 목탁이 〈하루 일하지 않으면 하루 먹지 말라〉고 법문을 하고 있는 느낌이다.

부모님이 돌아가시자 9세에 언니와 함께 절에 들어와 선방을 몇십 년 돌아다녔으며 95세까지 하루도 빠짐없이 7백배를 했고, 97세가 된 봄까지도 조석 예불을 올렸던 정행 노스님. 지금은 그런 의식도 넘어서버린 듯 낡은 수레 같은 육신을 뉘어놓고 무심히 쉬고 있다는 표현이 더 정확할 것 같다. 염주를 머리맡에 놓고 누워 있는 스님을 보니 문득 스님이 평소 제자들에게 곧잘 들려주던 부설거사의 열반송이 다시 들리는 듯하다.

눈으로 보는 것 없으니 분별이 사라지고
귀로 듣는 소리 없으니 시비가 끊어지네
분별도 시비도 훌훌 놓아버리고
오직 마음 부처 찾아 스스로 귀의하리

젊은 비구니 스님이 노스님의 귀에다 대고 나그네를 위해 부설거사의 열반송을 다시 들려주라고 곡진하게 읍소하지만 당신 자체가 바로 열반송이 아닐 것인가. 눈을 감고 있으니 분별이 없고 소리를 듣지 못하니 시비가 끊겨 있고 분별과 시비를 떠나 있으니 부처인 것이다.

나그네는 상대가 남녀노소 빈부귀천 누구건 간에 먼저 고개를 숙였다는 정행 노스님을 〈누워 있는 부처〉라고 생각하며 낮은 자세로 삼배를 올리고 나왔다. 그냥 암자를 나서기가 아쉬워 두리번거리는데 우소정(又小井)이라는 선방 이름이 특이하다. 〈또 작은 샘〉이라는 말인데 우리말로 옹달샘이 아닐까 싶다.

나그네는 정행 노스님을 이 시대에 찾기 힘든 하심(下心)의 수행자라고 생각한다. 하심이란 우리들이 사용하는 말로 겸손과 같은 말이다. 하심이 없는 수행자라면 아무리 불경을 앞으로 뒤로 달달 외고 있다 할지라도 자비를 기대하기 힘들 것이다. 한마디로 그런 수행자는 부처 될 자격이 없다고 보아도 무방하리라. 봄바람처럼 훈훈한 하심이 곧 부처의 마음이다.

삼선암 가는 길: 가을이면 단풍으로 물까지 붉어진다는 홍류동을 지나 해인사 일주문 밖 계곡가에 있다. 산길을 걷는 정취는 없지만 계곡을 바라보는 맛이 솔깃한 암자이다. (전화: 055-932-7278)

삼천배의 화두가 살아 전해지는 백련암 일주문

지금도 나그네를 숙연케 하는 것은 성철스님께서 법정스님께 다음과 같이 말씀하셨다는 부분이다. 「내가 장(늘) 생각하는 쇠말뚝이 있는기라. 쇠말뚝을 박아놓고 있는데, 그것이 아직도 꽂혀 있고, 거기에 패(牌)가 하나 붙어 있어요. 〈영원한 진리를 위해 일체를 희생한다〉라는 패인기라」

——「나에게 절하지 말고 너에게 하라」중에서

나에게 절하지 말고 너에게 하라

| 가야산 백련암 |

지금 해인사로 가는 길은 내어걸린 연등 행렬로 장관이다. 밤길에 마주친 연등 행렬은 말 그대로 황홀한 화엄의 세계이다. 등은 욕심과 성냄과 어리석음의 어두움을 물리치는 진리의 상징이다. 그런 연등이 십여 킬로미터나 밤길을 만다라처럼 수놓고 있는 것이다.

불가에는 전등(傳燈)이라는 말이 있다. 등불을 전한다는 말인데, 속뜻은 깨달은 진리를 스승과 제자 사이에 이어간다는 서릿발 같은 용어이다. 제자란 출가한 스님만을 가리키는 것은 아니다. 저 잣거리에 사는 사람이라도 스승의 가르침을 실천하고 이어간다면 그도 역시 제자일 것이다.

스님의 법문을 직접 듣지는 못했더라도 전해 들은 말 한마디로 마음에 깊은 변화가 일었다면 소중한 인연이 아닐 수 없다. 『삼국유사」를 엮은 일연선사는 〈스쳐가는 맑은 바람 한 자락도 스승〉이라고 하지 않았던가. 나그네는 성철 큰스님을 직접 뵙지는 못했지만 몇 년 전에 발표하였던 장편소설 『산은 산 물은 물』을 집필하면서 스님을 모셨거나 함께 수행하였던 분들을 만나 당신의 가풍을 간접적이나마 체험하였음이다.

지금도 나그네를 숙연케 하는 것은 성철스님께서 법정스님께 다음과 같이 말씀하셨다는 부분이다.

「내가 장(늘) 생각하는 쇠말뚝이 있는기라. 쇠말뚝을 박아놓고 있는데, 그것이 아직도 꽂혀 있고, 거기에 패(牌)가 하나 붙어 있어요. 〈영원한 진리를 위해 일체를 희생한다〉라는 패인기라」

이 말씀은 〈자기와의 약속〉이었고, 스님은 열혈 청년 시절에 출가하여 돌아가실 때까지 지키셨다. 그래서 나그네는 스님께 한없는 존경을 보낸다. 그것 하나만으로도 스님은 우리시대의 진정한 스승이었고 생불(生佛)이셨다. 미망에 사로잡혀 사는 나그네의 사정은 어떤가. 진정 자기와의 약속을 지키고 사는 사람인가. 겨우 며칠을 넘긴 적은 있지만 시간이 흐를수록 〈게으름 도둑놈〉과 타협하고 만다. 자신의 게으름이 〈자기와의 약속〉을 훔쳐가니 어찌 도둑놈이라 하지 않을 수 있을까.

백련암은 어느새 나그네에게는 참회의 자리가 되었다. 그리고 다시는 지금같이 느슨하게 살지 말자고 자신을 추스르는 다짐의 자리

젊은이들의 창불(唱佛)소리 드높은 새벽 관음전

지심귀명례(至心歸命禮).
〈지극한 마음으로 귀의합니다〉라는 말이다. 도회지에서
모임을 만들어 백련암을 찾아온 저 젊은이들은 지금 어느
부처에게 귀의한다는 것일까. 그런데 그 부처는 지금 어
디에 꼭꼭 숨어 계신가. 삼천배를 하고 나면 자기가 찾는
부처를 만날 거라고 성철스님은 살아생전에 말씀하셨다.
　　　——「나에게 절하지 말고 너에게 하라」 중에서

이기도 하다. 마음이 흔들릴 때마다 달려가 자신을 나무라고 싶은 암자가 백련암인 것이다. 지금 밤길을 달리고 있는 것도 그러한 심사 때문이다.

그런데 막상 백련암에 도착한 나그네는 조금 어리둥절해진다. 가야산이 온통 연등 불빛으로 환한데, 백련암 골짜기는 연등 하나 없는 적막강산이다. 절을 찾아온 신도들에게 연등 장사하지 말라는 스님의 준엄한 당부가 이어지고 있기 때문이란다.

이것이 바로 자신에게는 엄격하고 중생에게는 너그러운 당신의 엄혹한 진면목이 아닐까 싶다. 어른께 인사드리는 심정으로 고심원(古心院)으로 올라가 스님의 존상(尊像) 앞에 무릎을 꿇는데, 당신의 눈빛은 여전히 형형하다. 이런저런 사정으로 타협하고 사는 나그네에게 불벼락이 칠 것만 같다.

「웬놈이고. 나한테 절하지 말고 니한테 하란 말이다. 못난 나는 니한테 절 받을 자격 없데이. 니 자신이 부처님이니 니한테 하란 말이다」

쫓기듯 물러나와 정념당으로 가니 원택스님이 찻물을 끓여놓고 나그네를 기다리고 있다. 예전에 이 방에서 잔 적도 있어 나그네에게는 정겨운 공간이다. 방안에 들인 난들이 여전히 잘 자라고 있다. 아가 이처럼 쑥 촉이 나와 있는 놈도 있다. 옷깃만 스쳐도 인연이라는데, 저 난들과의 친분이 결코 작다고 할 수 없다. 난들에게 눈길

50

을 준 채 서울의 총무원 생활이 힘들지 않느냐고 묻자 스님의 대답이 아주 시원하다.

「성철스님 모시고 살 때가 가장 힘들었고, 그 다음은 해인사 대중 생활 시절이었습니다. 큰스님 모시고 살 때는 당신의 눈이 무서웠고, 대중 생활 할 때는 대중들의 눈이 부담스러웠는데 이제는 그런 분들의 질책이 없으니까요. 하지만 공부가 뭔지 모르고 하던 그때가 사실은 행복했던 것 같습니다」

나그네는 몇 년마다 뺏고 빼앗기는 백마고지(?)가 되곤 하는 총무원이 걱정되어 다시 묻는다.

「언제까지 총무원에 계실 겁니까」

「아직은 듣는 얘기들이 이쪽 귀로 들어왔다가 저쪽 귀로 빠져나갑니다. 하지만 듣는 얘기가 머릿속에 남아 멈칫거릴 때는 언제든지 백련암으로 돌아올 것입니다」

무슨 말인지 이해가 되는 은유이다. 종교 조직이 거대해질 때는 반드시 썩게 마련이다. 그러나 거기에는 당의정 같은 단맛이 있다. 그 단맛에 집착하여 망상이 머릿속에서 들끓을 때는 언제든지 바랑을 짊어지고 가야산으로 돌아오겠다는 이야기가 아닐 것인가.

관음전에서는 주말을 맞아 삼천배에 도전하는 젊은이들이 〈지심귀명례〉를 외는 창불(唱佛) 소리가 예나 지금이나 마찬가지로 드높다. 밤 새워 절하다 보면 두 무릎이 헐고 흘리는 땀방울로 법당 마룻

바닥이 간절히 젖으리라.

지심귀명례(至心歸命禮).

〈지극한 마음으로 귀의합니다〉라는 말이다. 도회지에서 모임을 만들어 백련암을 찾아온 저 젊은이들은 지금 어느 부처에게 귀의한다는 것일까. 그런데 그 부처는 지금 어디에 꼭꼭 숨어 계신가. 삼천배를 하고 나면 자기가 찾는 부처를 만날 거라고 성철스님은 살아생전에 말씀하셨다.

백련암 가는 길: 해인사 일주문에서 도보로 30분 정도 걸린다. 찻길을 이용할 경우 야간통제소를 지나 3백 미터쯤에서 바위로 만든 이정표를 보고 오른쪽으로 계속 가면 암자에 이른다. 백련암은 해인사 산내 암자 중에서 가장 높은 곳에 위치한 암자이다. (전화 055-932-7300)

큰스님은 큰 시인

새벽 예불에 띄우는 편지

성철스님.

서울의 장경각 사무실이란 곳에서였습니다. 스님께서는 독서를 한 뒤 반드시 메모하시는 습관이 있더군요. 저는 그 메모 가운데 한 장을 보면서 몹시 놀랐던 적이 있습니다. 그 메모 용지들은 종류가 다양했는데, 신도들이 떡을 가지고 올 때 싸온 소위 떡종이도 있었고, 지나간 일일달력 용지, 쓰고 남은 편지 용지, 그리고 제 눈에도 낯익은 예전 학생들에게 사랑을 받던 대학 노트 등도 있었지요. 한결같이 스님께서 얼마나 검박하셨는지를 한눈에 알아볼 수 있는 것들이었지요.

스님.

저는 저를 놀라게 한 메모 용지를 그 자리에서 얼른 복사를 했지요. 집안 식구들과 친구들에게 자랑을 하기 위해서였습니다. 그걸 보면 모두 저처럼 감동을 할 수밖에 없을 것이라고 믿었기 때문입니다.

영문자 필기체로 먼저 쓰고 그 밑에 스님의 자필로 번역이 되어 있는 그 메모는 저를 네 번이나 놀라게 했습니다.

첫번째는 영문자 필기체의 달필 때문이었습니다. 그 정도로 아름답게 쓰려면 적어도 영어에 달통하지 않으면 불가능할 것 같았습니다. 영어를 10년 이상 배운 저로서도 영어 문장을 그렇게 아름답게 써 본 기억이 없고, 또 제 주위에 영문학자들이 많지만 그렇게 멋들어지게 쓴 달필을 본 적이 없었기에 그랬습니다.

두번째 이유는 그 영문 밑에 번역해 놓은 스님의 번역 실력이었습니다. 비록 한글 맞춤법이 더러 틀린 곳이 있었지만 그 적확한 어휘 구사는 혀를 내두를 정도였습니다.

세번째는 자신의 어리석음을 강조한 물리학자 뉴튼의 겸허한 말을 보고서였습니다. 스님께서는 아마 하심(下心)을 강조하기 위해서 뉴튼의 고백을 메모하신 것 같은데, 번역한 내용을 옮기면 이렇습니다.

내가 세상에 어떻게 보일는지 모르나 그러나 나에게는 내가 바닷가에서 놀며 때때로 미끄러운 조각돌이나 보다 아름다운 조개껍질을 찾으며 스스로 즐기는 오직 한 소년같이 생각된다. 한편 크나큰 진리의 바다는 전혀 발견되지 않은 채 나의 앞에 놓여 있다.

네번째는 무슨 내용이든지 은유를 좋아하시는 스님의 시인 기질에 감탄했기 때문입니다. 자신의 어리석음을 깨닫는 뉴튼의 말도 얼마나 시적입니까. 저는 스님 하면 호랑이같이 무섭고 자신을 혹독하게 담금질하는 그런 무사 같은 모습을 먼저 떠올리기만 하였는데, 막상 이 메모를 보면서 〈겉으로는 태풍이 불지만 속으로는 봄바람을 지닌 분이구나〉하고 느꼈던 것입니다.

스님.

그래서 저는 천제스님을 만나뵙고는 스님의 시인 기질을 알아보기 위해 몇 가지 질문을 한 적이 있었지요. 그랬더니 이런 얘기를 들려주는 것이었습니다.

「성전암 시절이었어요. 달 밝은 밤이 되면 큰 소리로 한산시를 외우곤 하셨어요. 또 중국 원관(圓觀)스님의 시를 하도 많이 읊조리셨기 때문에 그때 행자였던 저마저 저절로 외우게 됐습니다」

천제스님은 성전암 시절을 떠올리며 감회에 젖은 목소리로 원관스님의 시를 낭송하였는데, 그 내용은 삼생(三生)을 넘나드는 것이었습니다.

교도소에서 살아가는 거룩한 부처님들
오늘은 당신네의 생신이니 축하합니다.
술집에서 웃음 파는 엄숙한 부처님들
오늘은 당신네의 생신이니 축하합니다.
밤하늘에 반짝이는 수없는 부처님들
오늘은 당신네의 생신이니 축하합니다.
꽃밭에서 활짝 웃는 아름다운 부처님들
오늘은 당신네의 생신이니 축하합니다.

──「큰스님은 큰 시인」 중에서

삼생돌 위 옛 주인이여

달 구경 풍월함은 말하지 마라

부끄럽다 정든 사람이 먼 곳에서 찾아오니

이 몸은 비록 다르나 자성은 항상 같다

전생 내생 일이 아득하여 알 수 없는데

인연을 말하고자 하니 창자가 끊어질 것 같다

오나라 월나라 산천은 이미 다 보고

도리어 배를 돌려 구당으로 간다.

또한 스님께서 성전암 시절을 마감하고 거처를 옮기시려고 했을 무렵에는 더욱 자주 이 시의 끝부분을 아주 멋들어지게 외우시곤 하였다고 천제스님이 전해 주었습니다. 말하자면 〈오나라 월나라 산천〉은 스님으로서는 그 동안의 행각처일 터이고, 배를 돌려 가겠다는 〈구당〉은 스님께서 출가하신 해인사가 아닌지요.

스님.

아무튼 저는 스님이야말로 한국이 낳은 대시인이라고 결론을 짓고 스님의 법문집을 다시 살펴보기에 이르렀습니다. 법문집 중에서 특히 〈장경각〉에서 발간한 『자기를 바로 봅시다』를 주목하여 몇 번이나 정독을 하였었지요. 과연 저의 추측은 정확했습니다. 스님이야말로 시다운 시를 쓰신 대시인이었던 것입니다. 스님께서는 잡다한 일상사를 콩이니 팥이니 노래하는 조무래기 시인이 아니라 인생의 영원한 행복과 진리를 보여주신 큰 시인임이 분명했습니다.

저는 사과가 떨어지는 것을 우연히 보고 만유인력의 법칙을 주장한 뉴튼의 발견보다 더욱 대단한 발견이라고 무릎을 치면서 스님의 법어, 아니 우주의 대서사시를 한편 한편 읊조려 보았습니다.

이 시는 1986년 초파일 법어입니다. 뿐만 아니라 모든 만물이 한 뿌리라는 대자비의 깨침을 주는 생명찬가(生命讚歌) 같은 철학시이기도 하지요.

교도소에서 살아가는 거룩한 부처님들
오늘은 당신네의 생신이니 축하합니다.
술집에서 웃음 파는 엄숙한 부처님들
오늘은 당신네의 생신이니 축하합니다.
밤하늘에 반짝이는 수없는 부처님들
오늘은 당신네의 생신이니 축하합니다.
꽃밭에서 활짝 웃는 아름다운 부처님들
오늘은 당신네의 생신이니 축하합니다.
구름 되어 변화무쌍한 부처님들
오늘은 당신네의 생신이니 축하합니다.
부처님들, 오늘은 당신네의 생신이니 축하합니다.

물속에서 헤엄치는 귀여운 부처님들, 허공을 훨훨 나는 활발한 부처님들, 교회에서 찬송하는 경건한 부처님들, 법당에서 염불하는 청수한 부처님들, 오늘은 당신네의 생신이니 축하합니다.

넓고넓은 들판에서 흙을 파는 부처님들, 우렁찬 공장에서 땀 흘리는 부처님들, 자욱한 먼지 속에서 오고 가는 부처님들, 고요한 교실에서 공부하는 부처님들, 오늘은 당신네의 생신이니 축하합니다.

천지는 한 뿌리요, 만물은 한 몸이라. 일체가 부처님이요, 부처님이 일체이니 모두가 평등하며 낱낱이 장엄합니다.

이러한 부처님의 세계는 모든 고뇌를 초월하여 지극한 행복을 누리며 곳곳이 불가사의한 해탈도량이니 신기하고도 신기합니다.

입은 옷은 각각 달라 천차만별이지만 변함없는 부처님의 모습은 한결같습니다.

자비의 미소를 항상 머금고 천둥보다 더 큰 소리로 끊임없이 설법하시며 우주에 꽉차 계시는 모든 부처님들, 나날이 좋을시고 당신네의 생신이니 영원에서 영원이 다하도록 서로 존경하며 서로 축하합시다.

그렇습니다. 저는 이처럼 우주의 섭리를 그린 철학시를, 그러나 조금도 사변적이지 않고, 오히려 흥겹고 재미있게 쓴 시를 본 적이 없습니다. 천지가 한 뿌리이니 서로 존경하고 축하하자는 사상이 얼마나 쉽고 가슴에 와 닿습니까.

스님, 저는 이 시를 불경의 한구절처럼 외우겠습니다. 스님의 이 시를 저의 삶이 괴로울 때나 슬플 때나 화가 날 때나 쓸쓸할 때나 가만히 읊조리며 살아가겠습니다.

그리하여 나의 생명을 아끼고, 더불어 옆에 있는 사람의 생명을 존중하고, 나중에는 서로의 생명을 축하하도록 하겠습니다. 스님, 고개 숙여 스님의 법문에 감사드립니다.

한방울의 참기름

새벽 예불에 띄우는 편지

성철스님.

오늘 저는 스님의 검박함에 대해 생각해 봅니다. 요즘의 국가 사정도 사정이려니와 저잣거리에 있는 저희들이 당장 스님의 거룩한 정신을 배워 실천할 수 있는 것과 그렇지 못한 것이 있기 때문입니다.

스님께 귀의하겠다고 작심은 했지만 솔직히 스님의 경지를 어찌 함부로 넘볼 수 있겠습니까. 그러나 스님의 검박함에 대해서는 저잣거리에 있는 저희들도 감히 흉내는 내볼 수 있지 않을까 생각됩니다.

스님.

여기에 소개하는 일화는 제가 직접 들은 이야기입니다. 승속을 떠나 모든 사람들에게 귀감이 될 것 같기에 다시 꺼내보이기로 하였습니다. 정말 아껴 쓸 줄 모르고 함부로 소비 생활을 즐기던 이들에게 거울이 되었으면 하는 마음으로 스님의 일화 몇 개를 소개해 봅니다.

스님께서 해인사 백련암에 계실 때였습니다. 어느 날 시자가 공양을 준비하던 중 무심코 썩은 당근 뿌리를 쓰레기통에 버린 일이 있었지요. 스님께서는 부엌을 지나시다가 쓰레기통을 보시고는 호통을 치셨습니다.

「이 당근 누가 버렸노」

시자는 당황하여 이렇게 말했지요.

「썩은 것 같아서 버렸습니다」

그러자 스님께서 기가 막힌 얼굴을 하셨습니다.

「이 녀석아, 이 당근은 너의 것이 아니라 신도들의 것이여. 밥알 하나가 버려지면 그 밥알이 다 썩어 흙이 될 때까지 불보살이 합장하고 있는 것이여. 당장 썩은 부분만 도려내고 나머지는 찬으로 쓰도록 해」

그러나 시자의 눈에는 푸들푸들하고 꺼무죽죽하여 썩은 당근으로 보였습니다.

「당근 뿌리 썩은 것 하나 버렸는데 무얼 그리 야단이십니까」

다시 말하면 큰스님이라고 존경을 받는 분이 당근 뿌리 하나 가지고 쩨쩨하게 그러시냐는 것이 시자의 소견이었던 것입니다.

이윽고 스님께서 불같이 화를 내셨습니다.

「썩은 배춧잎 하나도 이리저리 발겨서 쓰는 게 불가의 법도인 줄 안즉 몰랐더냐」

아무 말도 못하고 쩔쩔매고 있는 시자가 안쓰러웠던지 스님께서는 이렇게 말씀하시고는 그 자리를 떠나셨다는 이야기이지요.

「도인의 마음은 넓기로 하면 허공과 같지만, 좁기로 하면 바늘 하나 꽂을 틈도 없는 것이여」

그런가 하면 이런 이야기도 전해지고 있습니다. 역시 백련암 시절의 이야기입니다. 시자가 부엌에서 콩나물을 다듬고 있으면 스님께서는 가만히 계시지 못했다고 합니다. 시자가 콩나물 줄기 하나라도 소홀히 취급할 것 같아서 그랬던 것이지요.

「버리지 마라」

한번만 말씀을 하시는 게 아니었습니다. 시자의 부엌일이 끝날 때까지 30여 분 동안이나 계속 반복하시는 것이었습니다.

「버리지 마라」

하도 스님께서 말씀하시니까 시자는 불현듯 이런 생각까지 들었다고 합니다.

〈난 콩나물보다 못한 존재다.〉

그러나 정말 그런 마음이 들 때 하심이 생기고, 절 생활을 잘할 수 있는 게 아닐까요. 스님께서 들으시면 섭섭하시겠지만 당시 시자들 사이에서는 대부분 스님의 마음을 이해하지 못했다고 합니다.

스님께서 시물을 아껴 쓰는 것은 신도들의 정재(淨財)
즉, 깨끗한 재물이었기 때문일 겁니다. 말하자면 콩나물
줄기 하나라도 백련암의 것이 아니라 저잣거리에서 보내
준 신도들의 것이라는 생각 때문에 함부로 쓰지 말라는
경책 아니었겠습니까. 그런가 하면 스님께서는 우연히 굴
러온 돌멩이 하나도 버리지 않았다고 합니다. 방 한쪽에
있던 돌멩이를 시자에게 버리지 말라고 하시더니 어느 날
엔가는 다리가 삐딱한 당신 책상의 버팀돌이 되어 있더라
는 것입니다.

——「한방울의 참기름」 중에서

스님.

물론 스님께서 시물을 아껴 쓰는 것은 신도들의 정재(淨財) 즉, 깨끗한 재물이었기 때문일 것입니다. 말하자면 콩나물 줄기 하나라도 백련암의 것이 아니라 저잣거리에서 보내준 신도들의 것이라는 생각 때문에 함부로 쓰지 말라는 경책 아니었겠습니까. 그런가 하면 스님께서는 우연히 굴러온 돌멩이 하나도 버리지 않았다고 합니다. 방 한쪽에 있던 돌멩이를 시자에게 버리지 말라고 하시더니 어느 날엔가는 다리가 삐딱한 당신 책상의 버팀돌이 되어 있더라는 것입니다.

스님의 방을 뒤져보면 몇십 년 된 철사 뭉치도 있다고 하는데, 그렇다고 스님을 구두쇠나 욕심쟁이라고 부른 사람은 단 한 사람도 없습니다. 하찮은 물건이라도 버리지 않고, 그것들의 쓰임처를 찾아주는 스님이야말로 진정한 무소유자일 테니까요.

스님.

저는 이 정도의 검박함이라면 별로 놀라지 않았을 것입니다. 웬만한 수행자나 타종교인도 그 정도는 다 실천할 수 있기 때문입니다. 스님께서 백련암에 오시기 전에는 훨씬 더 엄혹했다고 말하고들 있습니다.

그렇습니다. 봉암사 시절에는 이런 일도 있었습니다. 하루는 스님께서 우연히 요사채 하수구를 보게 됐습니다. 하수구에는 물이 미처 빠지지 못한 채 고여 있었고요. 그런데 미처 빠지지 못한 물에 동동 뜬 몇 방울의 참기름이 문제가 되었습니다.

스님은 요사채에서 일하던 한 스님을 불렀습니다.

「저게 무엇인가」

「하수구에 버린 물입니다」

「니 눈에는 물만 보이노」

「더러운 물만 보입니다」

그러자 스님의 불호령이 떨어졌습니다. 스님이 거세게 밀치자 그 젊은 스님은 발랑 나자빠졌습니다. 다시 일어난 스님을 보고 또 물었습니다.

「니 눈에는 정말 아무것도 안 보인단 말이가」

그제야 그 스님은 눈을 휘둥그레 뜨고 몇 방울의 참기름을 발견하고는 말했습니다.

「네, 스님. 참기름이 떠 있습니다」

「그래 이 당달봉사 같은 놈아. 지금 당장 양동이를 가져오그래이」

「무엇에 쓰시려고 양동이를 가져오라 하십니까」

「공양 밥통을 가져오란 말이다」

젊은 스님은 더 묻지 못하고 놋쇠로 만든 양동이를 가져왔다고 합니다. 그러자 스님께서는 두말 않고 이렇게 지시하는 것이었습니다.

「하수구 물을 퍼 담그래이」

양동이에 하수구 물이 반쯤 찼을 때, 스님께서는 목탁을 일정한 간격으로 세번씩 쳐 큰방에 대중을 모이게 했다고 합니다. 그리고는 대중이 빙 둘러앉자, 각자의 바루에 똑같은 분량으로 하수구 물을 나누게 하였다는 것입니다.

「저 스님이 잘못한 게 아니라 우리가 지도를 잘못해서 시물을 버렸다. 그러니 다같이 마시자는 것이야」

스님.

저는 당시의 정경을 떠올려 보며 전율을 느낍니다.

물론 절의 하수구 물이란 저잣거리의 비린내 섞인 것과는 비교할 수 없을 정도로 깨끗할 것이라고 짐작은 됩니다만 그래도 우리 같은 속물들은 그 물을 도저히 마실 수 없을 것입니다.

그런데 스님들은 단 한 사람도 빠짐없이 버려진 몇 방울의 참기름 때문에 참회하는 마음으로 바루에 하수구 물을 똑같이 나누어 마셨다니 소름이 돋는 것 같은 기분입니다.

반성해야 할 것이 너무나 많은 저희들입니다. 스님을 만나려거든 삼천배가 아니라 정재를 아껴 쓸 줄 모르는 우리 자신들의 삶을 먼저 참회하는 것이 순서일 것 같습니다. 스님, 몇 방울의 참기름 이야기가 흐려진 눈을 맑혀주는 오늘입니다.

부도암 길목에서 중생을 맞는 비로암 비로자나불

고양이도 스님의 법문을 듣는구나

| 팔공산 부도암 |

암자에도 나름대로 격(格)이 있다. 사람으로 치자면 굳이 입을 빌어 설명할 필요가 없는 인품 같은 것이다. 그런 까닭에 암자도 자신이 갖는 분위기로 법문을 하는 듯하다. 나그네는 가람, 혹은 그 부속물들을 단순히 미학이나 건축학의 대상으로만 보지 않는다. 누더기 장삼이 스님 옷 중에서 가장 아름답듯 암자도 마찬가지다. 돈 냄새를 풍기는 암자보다는 가난을 선택하고 사는 청빈한 곳이 더 맑고 진실해 보인다.

부도암(浮屠庵)을 들어서면서 나그네는 솔직히 마음이 조금 무겁다. 완성되고 있는 시멘트 2층 요사부터 숨이 막힌다. 입구의 시멘트 축대도 마음을 편치 못하게 한다. 암자로 들어서는 사람에게 그런 무표정한 축대가 단절의 벽으로 다가서는 것이다. 어떤 역사를 가지고 있는 부도암인가.

창건 역사는 조선 효종 9년(1658년)으로 짧지만 한때 대중이 72명이나 살았다고 하니 동화사 산내 암자 중에서 가장 규모가 컸던 곳이다. 이런 사실은 그만큼 수행자들이 정진하기에 좋은 도량이었다는 증거이다. 수행자들이 사랑하는 도량이란 우선 가르침을 주는 큰스님이 있고, 산세에 어울리는 둥지(가람)가 있고, 주위 풍광이 한없이 편안하고, 눈 맑은 도반들이 사는 곳이리라.

암자를 바로 나가려니 점잖지 못한 것 같아 서너 번이나 도량을 돌아본다. 첫 인상의 낭패를 만회하고 싶어서이다. 꼼꼼히 뜯어보면 그래도 정이 들고 마음에 담아둘 사연이 있을 것 같아서이다.

부도암은 비구니 스님들이 수도하는 암자이다. 편견인지는 모르지만 그들을 대할 때마다 나그네는 한국 불교의 밝은 미래를 보는 것 같아 기분이 좋다. 마루에서 비구니 스님 서너 명이 봄맞이를 하듯 문에 흰 창호지를 바르고 있는데, 그 모습도 가슴에 담아둘 만한 풍경이다. 일상에 충실한 모습이야말로 진리의 문을 여는 일이 아닐까. 중국의 조주스님은 불법을 묻기 위해 찾아온 젊은 스님에게 먼저 이런 작은 일부터 하라고 말했음이다.

「차나 한 잔 하게」

「공양을 했으면 바리때를 씻게나」

빨랫줄에 젖은 빨래를 널어놓고 바위에 앉아서 해바라기를 하고

일상에 충실한 모습이 더 아름다운 비구니 스님들

암자에도 나름대로의 격(格)이 있다. 사람으로 치자면 굳
이 입을 빌어 설명할 필요가 없는 인품 같은 것이다. 그
런 까닭에 암자도 자신이 갖는 분위기로 법문을 하는 듯
하다. 누더기 장삼이 스님 옷 중에서 가장 아름답듯 암자
도 마찬가지다. 돈 냄새를 풍기는 암자보다는 가난을 선
택하고 사는 청빈한 곳이 더 맑고 진실해 보인다.

　　　　　——「고양이도 스님의 법문을 듣는구나」 중에서

있는 스님의 모습도 조주스님이 지금 자리에 있다면 칭찬을 해줄지 모른다. 이런 일상 역시도 바리때를 씻는 일이나 다름없으리.

마침 초하루여서 신도들은 마루에까지 나와 스님의 법문을 듣고 있다. 어떤 신도는 자리가 없어 마당에서 불서를 들고 대여섯 살 되는 아이와 함께 서 있다. 아이는 엄마가 공부하고 있는 줄 알 것이고, 이 추억도 아이 가슴속에는 선한 씨앗(善因)으로 자리잡을 것이다.

신도들의 법문을 귀기울여 듣는 이 시각, 어찌 길짐승이라고 몰라볼까. 고양이 세 마리가 함부로 돌아다니지 않고 마루 밑에 앉아서 귀를 쫑긋 세우고 스님의 법문을 듣고 있다.

그래서 그런지 암자 뒤편 대숲이 한결 더 푸르다. 대밭에 자리한 굴뚝에도 다시 한번 눈길이 간다. 잿빛 연기를 내뿜으면서도 자신은 정갈한 자태이다. 암자의 모든 살림살이가 더도 말고 덜도 말고 대나무만큼만 청청하다면 좋으리라.

비로암은 부도암에서 아주 가까운 거리에 있다. 동화사 주차장이 들어선 이후부터 그윽한 정취를 상실해가고 있는 것 같아 안타까움이 더 드는 암자이다. 다만 신라 경문왕 3년(863년)에 조성했다는 보물 247호인 삼층 석탑과 보물 244호인 석조 비로자나불 좌상이 있어 암자의 구겨진 자존심을 힘겹게 지키고 있다.

나그네는 석조 비로자나불과 그 광배에 조각된 세련된 문양에 감탄하며 비로자나불께 대신 사죄한다. 경내까지 신도들의 승용차가 들어와 있는데, 법문을 듣기 위해 왔다면 마땅히 바로 위쪽에 있는 주차장을 이용해야 하지 않을까.

제자는 스승의 그림자를 밟지 않는다는 격언이 있지만 진리의 부처인 비로자나불이 계신 암자 마당에까지 감히 승용차 바퀴 자국을 내고 있다니 씁쓸하기만 하다. 암자는 신도들의 무례한 꼴불견 때문에 끙끙 신음을 내뱉고 있다.

부도암 가는 길: 동화사 주차장에서 도보로 15분 거리에 있다. 그리고 비로암은 주차장 바로 밑에 있다. 가까운 거리이니 승용차는 가급적 주차장에 놓고 가는 것이 암자를 찾는 사람으로서의 예의이다. (전화: 054-982-0210)

산죽이 청청한 산길에 나무 그림자는 묵언중

가는 도중 차창으로 영축산 전경을 바라볼 수 있는 것도
보너스인 셈이다. 영남에 이렇듯 높은 산이 있고, 석가모
니 부처님께서 많은 경전을 제자들에게 설법한 인도의 영
축산과 동명이산(同名異山)인 것이다. 그러니 이 산은 단
순한 앞산 뒷산이 아니라 진리 그 자체이다. 양산의 영축
산도 〈화엄경〉이고 〈법화경〉이다.

———「두껍아, 두껍아, 헌집 줄게 새집 다오」 중에서

두껍아 두껍아, 헌집 줄게 새집 다오

| 영축산 백운암 |

청산은 예나 지금이나 그대로이다. 이 점이 바로 아침저녁으로 변하는 사람과 다르다. 그렇다고 청산이 고지식한 사람처럼 고정관념에 사로잡혀 있는 것은 아니다. 늘 한결같되 마주칠 때마다 새롭다. 영축산 푸른 송림길이 주는 무언의 법문이라 할까, 나그네는 상큼한 송진 냄새를 맡으며 솔바람 소리를 듣는다. 그러고 보니 진리는 숨어 있는 것도 아니고, 먼 곳에 계신 그대도 아니다. 눈 아래 코처럼 붙어 있는데도 보지 못하고 있을 뿐이다.

통도사 종무소에서 교무 소임을 맡고 있는 종선(宗船) 스님에게 백운암(白雲庵)을 소개받는다. 몇 년 전인가 너무 늦은 시각에 온 탓에 큰절에서 가까운 자장암만 보고 갔던 적이 있다. 그래서인지 나그네는 늘 통도사에다 무언가 놓고 온 듯 허전해하였던 것이다.

「저는 종무소 일이 바빠서 동행은 못합니다만 백운암 스님께 연락을 드렸으니 암자에 가시면 아마도 친절하게 설명해 주실 겁니다. 영축산에서 가장 높은 곳에 있는 암자이니 좋은 등산도 될 겁니다」

다행히 독실한 불자이자 〈암자를 좋아하는 사람들〉 회원이기도 한 부산의 영광도서 김윤환 사장과 동행할 수 있으므로 산행의 걱정은 안해도 되었다. 승용차로 비로암(毘盧庵)까지 큰절에서 자장암, 극락암 가는 길로 곧장 직진해 가면 된단다. 가는 도중 차창으로 영축산 전경을 바라볼 수 있는 것도 보너스인 셈이다. 영남에 이렇듯 높은 산이 있고, 석가모니 부처님께서 많은 경전을 제자들에게 설법한 인도의 영축산과 동명이산(同名異山)인 것이다. 그러니 이 산은 단순한 앞산 뒷산이 아니라 진리 그 자체이다. 양산의 영축산도 〈화엄경〉이고 〈법화경〉이다.

〈영축산을 오르더라도 진리를 만나지 못한다면, 나그네는 진정 영축산을 오르지 못한 것이리라.〉

이런 상념으로 나그네는 먼 산에 흰 구름처럼 걸려 있는 백운암을 바라본다. 과연 해발 8백 미터 고지에 자리한 암자답게 카메라로 원경을 잡고 싶지만 여의치 않다. 대낮인데도 산그늘이 암자를 감싸안고 있음이다. 백운암은 신라 진성여왕 6년(892년) 조일(祖日) 선사가 창건하였다고 한다. 그러니 천년이 넘은 수행처이고, 천년이 넘게 통도사의 흥망 사연을 지켜본 증인이다. 그래서일까. 백운암에 전해

백운암 스님은 어떤 길손이건 반갑게 맞아준다

백운암에 전해지는 설화 중에는 도인 이야기가 많다. 통
도사 스님들이 공양을 할 때마다 한 사람 분의 밥이 사라
지는 사건이 있었는데, 나중에 알고 보니 백운암 도인이
공양 때마다 손을 길게 뻗어 가져갔더라는 이야기도 그중
하나이다. 통도사에서 백운암까지 거리가 6킬로미터이니
도인의 팔은 공양 때마다 그만큼 커졌다는 그야말로 신통
(神通) 이야기이다.

    ——「두껍아, 두껍아, 헌집 줄게 새집 다오」 중에서

지는 설화 중에는 도인 이야기가 많다. 통도사 스님들이 공양을 할 때마다 한 사람 분의 밥이 사라지는 사건이 있었는데, 나중에 알고 보니 백운암 도인이 공양 때마다 손을 길게 뻗어 가져갔더라는 이야기도 그중 하나이다. 통도사에서 백운암까지 거리가 6킬로미터이니 도인의 팔은 공양 때마다 그만큼 커졌다는 그야말로 신통(神通) 스토리다.

산죽이 성성하여 푸른 산길이 시작되는 곳에 모래와 비닐 봉투가 마련되어 있다. 암자를 오르는 사람마다 모래를 한 봉지씩 날라달라는 당부의 말도 팻말에 적혀 있다. 공사를 하려면 모래가 필요한 모양인데, 뾰족한 수송 방법이 없으므로 암자 스님이 생각해 낸 고육책인 것 같다.

가파른 돌계단을 오르며 나그네가 중얼거리는 전래 동요 한 토막은 이렇다. 〈두껍아 두껍아, 헌집 줄게 새집 다오〉 모래를 보니 모래무덤에 손을 넣고 어린 시절에 부르던 노래가 생각나서이다. 저 모래가 암자에 다 쌓인 날 암자 스님도 나그네와 같은 동요 한 구절을 뇌일지 모른다.

그런데 암자에 이르러 마주친 암주 성현(成賢)스님의 말은 다르다.

「영축산 정맥이 백운암입니다. 백운암이 흔들리면 통도사가 흔들린다고 합니다. 그래서 저희들은 암자 불사를 못해 왔습니다. 백운암의 산기운이 다치면 통도사가 다치니까요」

절에 가 보면 다 이유가 그럴 듯하다. 헌집은 헌집대로, 새집은 새집대로 이야기가 있다. 나그네는 백운암만은 아주 새집이 되기를 바라지 않는다. 만공스님이 새벽 예불 때 소종(小鐘)을 치면서 처음으로 깨달음을 얻었고, 사명스님, 환성스님 등이 거쳐간 백운암만은 졸고 있는 노승의 모습으로 남았으면 하는 마음이 간절하다.

그렇다고 노승이 그냥 졸고만 있겠는가. 백운암의 북 소리는 통도팔경 중 하나란다. 어느 때인가는 백운암 스님이 하루 스물네 시간 동안 북을 치며 나무아미타불을 염불하였는데, 영축산 아래 논밭에서 일하는 농부들이 힘든 줄을 몰랐단다. 그러는 동안 스님은 북을 치다가 앉은 채 숨을 거두었고.

비록 암자의 약수인 금수(金水)를 마시지 못하고 하산하지만 산길 초입의 비로암을 들러보니 아까 중얼거렸던 동요가 다시 실감난다. 헌집 백운암을 두고 내려오니 새집 비로암이 산뜻하게 눈에 들어서이다. 그런데 새집에는 사람이 없다. 싱거울 정도로 텅 비어 있다. 비로자나부처님이 쓸쓸해 보일 정도이다. 누구를 위한 새집 암자인가. 묻지 않을 수 없는 나그네의 허전한 심정이다.

백운암 가는 길: 승용차로 극락암 방향으로 갔다가 더 직진하여 비로암 주차장에 주차를 시켜놓고 그곳부터 산길을 30여 분 걸어서 오르면 암자에 이른다. (전화: 055-382-7085)

목련꽃이 환히 불 밝힌 연화산 백련암

암자는 텅 비어 있는 듯하지만 가만히 살펴보면 봄의 생
기로 흘러넘치고 있다. 마당가에서 솟는 수선화는 푸른
잎을 쭉쭉 내밀고 있고, 동백꽃은 벌써 불덩이 같은 꽃을
피웠다가 땅에 떨어뜨리고 있다. 어디 그뿐이랴. 목련은
흰 꽃숲을 이루고 있다. 너무 많은 꽃들을 피워 비현실적
으로 보이기도 하지만 목련이야말로 빈 암자를 환히 밝히
고 있는 것이다.

───「길손에게 딱따구리도 인사하는 암자」중에서

길손에게 딱따구리도 인사하는 암자

| 연화산 백련암 |

온 나라 사람들의 마음이 요즘처럼 무거웠던 적도 드물 것이다. 강원도의 큰 산불에다 구제역 전염병이 전국의 축사로 퍼져가고 있기 때문이다.

가축을 잃은 축산 농부들의 마음보다야 덜하겠지만 나그네도 이 땅에서 숨쉬는 한 사람으로서 우울하다. 구제역의 직접적인 피해 지역이 아닌 경남 지방도 긴장감이 감돈다. 주요 도로 길목마다 임시 방역 검문소가 설치되어 드나드는 차들을 빠짐 없이 소독하고 있다. 나그네가 탄 승용차도 남해고속도로에서 고성 쪽으로 진입하여 달리면서 두 번이나 통과의례로 소독을 하였다.

나그네가 찾아가는 백련암은 옥천사의 산내 암자이다. 신라 문무왕 16년(676년)에 의상스님이 창건한 옥천사는 진주 출신인 청담스님이 출가하여 삭발하였던 곳이다. 해방 전의 일이다. 그 천년 고찰로 용모 수려한 한 젊은이가 삶의 문제를 안고 당시의 고승 한영(漢永)스님을 찾아왔던 것인데, 그가 바로 우리 불교사에 큰 발자국을 남긴 청담스님이다.

물론 청담스님처럼 모든 사람이 절을 찾아가 출가할 수는 없다. 그러나 절 마당을 기웃거리면서 마음으로나마 욕심의 머리카락을 잘라낼 수는 있지 않을까. 그게 아니라면 좋은 풍광 속의 절은 잠시 기분 전환하는 일반 관광지나 다름없을 것이다. 우스갯소리로 들릴지 모르나 나그네는 절에만 가면 혈압이 뚝 떨어지는 느낌이다. 그렇다고 절 공기에 혈압을 떨어뜨리는 강하제라도 섞여 있겠는가. 저 잣거리에서 가졌던 욕심의 끈을 자신도 모르는 사이에 놓아버리기 때문에 그럴 것이라고 믿는다.

매표소에서 잠시 멈추는 사이에 초등학교 학생들이 승용차에 태워달라고 한다. 한 아이에게 물어보니 청련암에서 스님과 함께 산단다. 스님이 결혼하여 아이를 이렇게 많이 낳았을 리는 없겠고, 아마도 말못할 사연으로 부모와 헤어지게 된 아이들 같다. 승용차 안에 있던 물병을 들고 허락도 없이 마셔대는 것을 보니 스스럼없는 개구쟁이 아이들이다.

백련암은 옥천사 청담스님 유물 전시관에서 오른편 산길을 따라가면 나온다. 옥천사를 중심에 두고 청련암은 왼편, 백련암은 오른편에 서로 짝을 하고 있다. 암자 입구에 다다르자 딱따구리가 딱따르 딱따르르 목탁 소리를 내고 있다. 걸음을 멈추지 않을 수 없다. 덕분에 가쁜 호흡이 가라앉는다. 이것도 나그네를 위한 딱다구리의 음성 공양이 아닐까 싶다.

주차장 공터에서 보니 암자의 전경이 한눈에 든다. 암자가 자리한 모양새가 마치 팔공산의 성전암 같다. 성철스님이 10년 동안 철조망을 치고 수행하였던 성전암과 너무 흡사한 것이다. 그러고 보니 청담스님과 성철스님은 세상이 다 아는 도반이었다. 세속의 나이는 청담 스님이 10년 연상이었지만 두 사람은 진리의 나이테가 같은 친구였다. 청담스님의 한 상좌가 도무지 이해를 못하여 벌어진 일화가 있다.

성철스님이 성전암 수행을 마치고 서울의 도선사로 청담스님을 만나러 왔을 때의 일이다. 청담스님의 상좌 눈에는 이해가 되지 않는 게 하나 있었다. 스승이 10년 연상인데도 두 분이 서로 너나들이로 대화를 나누고 있는 것이다. 어느 날 그 상좌가 볼멘소리로 항의를 하였다.

「속세에서는 10세 연상이면 큰형님뻘이잖습니까. 그런데 저 분은 예의가 없는 것 아닙니까」

그때 청담이 불호령을 내렸다. 다음과 같이 엄명하고 훈계하는 것이었다.

「성철스님은 한국 불교의 보물이야. 내가 아니면 누가 알겠느냐. 너는 그따위 생각일랑 버리고, 시봉이나 잘하거라. 네가 무얼 안다고 감히」

「이제야 스님의 깊은 마음을 알겠습니다」

부럽다. 나그네에게도 〈내가 아니면 누가 알겠느냐〉 하는 친구가 있는가. 그런 친구 사이라면 나이가 무슨 조건이 되겠는가.

아무튼 앞에서 얘기한 두 암자는 축대를 쌓아올린 터의 모양이나 들어가는 입구도 같은 방향이다. 차이가 있다면 백련암은 위도상 성전암보다 훨씬 남쪽이기 때문에 청청한 대숲이 형성되어 더욱 포근하고 정겹다.

이곳의 스님도 출타하고 없고 공양주 보살 한 분이 암자를 지키고 있다. 어느 암자나 스님이 안 보이면 주인 없는 빈집을 찾은 느낌이 들어 발걸음에 힘이 빠져나간다. 다만 봄철의 암자는 그런 허전한 기분이 덜하다. 스님이 없는 백련암도 마찬가지다.

암자는 텅 비어 있는 듯하지만 가만히 살펴보면 봄의 생기로 흘러 넘치고 있다. 마당가에서 솟는 수선화는 푸른 잎을 쭉쭉 내밀고 있고, 동백꽃은 벌써 불덩이 같은 꽃을 피웠다가 땅에 떨어뜨리고 있다. 어디 그뿐이랴. 목련은 흰 꽃숲을 이루고 있다. 너무 많은 꽃들을 피워 비현실적으로 보이기도 하지만 목련이야말로 빈 암자를 환히 밝히고 있는 것이다.

암자를 나서면서 나그네는 걸음을 잠시 멈춘다. 딱따구리가 또다시 암자 입구에 선 나무를 쪼는데, 이번의 소리는 나그네더러 안녕히 잘 가라는 인사말 같다.

백련암 가는 길: 서울에서 가자면 상당히 먼 거리를 돌아서 가야 한다. 경부고속도로로 대구까지 가서 다시 구미고속도로를 이용하다가 다시 남해고속도로로 바꾸어 진주 방향으로 달리다가 고성 쪽으로 빠져나오면 된다. 아직도 진주·대전간의 고속도로가 개통되지 않았기 때문이다. 고성군 개천면 면소재지에서 옥천사까지는 2킬로미터쯤의 거리이고 승용차로 갈 수 있다. (전화: 055-672-0100)

꽃필 때는 춤추는 게 좋다

새벽 예불에 띄우는 편지

성철스님.

지금 밖에는 봄비가 내리고 있습니다. 이 비는 약이 되는 비, 즉 약비라고 합니다. 봄 가뭄을 해소시켜 주는 단비이기 때문입니다. 그러나 저는 걱정을 하고 있습니다. 벚꽃 길을 소재로 하여 쌍계사 국사암을 취재하려고 하는데, 벚꽃이 절정인 이 시기에 비손님이 오시고 있으니 마음이 심란해지는 것입니다.

낙엽은 소슬바람에 약하지만 벚꽃은 비를 견디지 못하여 거짓말처럼 일시에 져버린다고 합니다.

스님.

그래서 저는 내리는 봄비를 가끔 쳐다보며 스님의 법문집을 뒤적거리고 있는 중입니다. 할일은 많은데 일손이 잡히지 않기 때문입니다. 이럴 때는 책을 목차대로 읽지 않고 손에 잡히는 대로 뒤에서부터 혹은 순서 없이 읽기도 하지요.

오랜만에 스님께서 대담하신 글들을 봅니다. 언젠가 보다가 마음에 와 닿는 구절에 밑줄을 쳐놓은 적이 있는데, 그 구절들을 따라 읽으며 마음을 달래봅니다. 이런 식으로 스님의 모습을 떠올리며 읽는 맛도 또다른 느낌입니다.

스님.

먼저 눈에 띈 법문은 1981년 1월 19일자의 《중앙일보》에 이은윤 기자가 정리한 기사 중 한 구절입니다.

보이는 만물은 관음이요. 들리는 소리는 묘음(妙音)이라. 보고 듣는 것 밖에 진리가 따로 없으니, 시회대중(時會大衆)은 알겠느냐. 산은 산이요, 물은 물이로다.

이번에는 1982년 1월 1일의 《중앙일보》에 실렸던 법정스님과의 대담 중에 눈에 띄는 구절입니다.

우리 불교에 대해 항상 걱정하는 것이 하나 있습니다. 사소한 파동보다도, 근본적으로 볼 때 우리 불교가 일반 사회보다 여러 가지 면에서 낙후되어 있는 현실입니다. 그것을 면하려면 불교인의 자질 향상부터 시켜야 하며, 그것은 도제 교육이 가장 기본 조건입니다.

어느 단체든지 그 장래는 2세 교육에 달려 있습니다. 우리 불교계에서도 자질이 저하되는 것이 사실인데, 자꾸 낙후되다 보면 나중에는 탈락되고 맙니다. 존재하지 못해요. 이대로 나가다가는 결국 탈락현상이 오지 않을까 걱정됩니다. 무엇보다도 모든 힘을 다하여 승려 교육에 중점을 두어야 한다고 봅니다.

내가 늘 생각하는 쇠말뚝이 하나 있습니다. 쇠말뚝을 박아놓고 있는데 그것이 아직도 꽂혀 있습니다. 거기에 패(牌)가 하나 붙어 있어요.
〈영원한 진리를 위해 일체를 희생한다.〉

1983년 5월 16일의 《경향신문》에 한국 불교의 중흥을 걱정하시면서 김지견 박사에게 이런 법문도 하십니다.

법당의 기왓장을 벗겨 팔아서라도 승려를 가르쳐야 우리 불교가 제구실을 하고 전통을 계승할 것으로 믿고 있어요.

다시 1983년 5월 20일의 《중앙일보》에는 이은윤 기자에게 초파일 등불 켜는 것에 대해 말씀하십니다.

마음의 등불이란 한낮에 뜬 해처럼 우주를 항상 비추고 있으니 또다

「스님이 지금 느끼고 계시는 것은 무엇인지요」
「따스하니까 다니기에 좋네」
「봄이면 젊은이들한테 봄바람이 난다고 합니다만」
「꽃필 때 춤춰보는 게 좋지」
「지금도 기운 누더기 옷을 입고 계시는데, 그 옷을 입으
시면 마음이 편하십니까」
「똑같애」

　　　　　　　──「꽃필 때는 춤추는 게 좋다」 중에서

른 등을 켠다면 이는 대낮에 촛불을 켜는 것 같아서 백련암은 초파일 등불을 따로 켜지 않습니다. 이렇게 등불을 켜지 않는 것은 등불의 본체를 알기 때문이요, 등불을 켜는 것은 비단 위에 꽃을 던짐과 같은 것이니, 두 가지 다 좋은 일이지요.

말하자면 헌법재판소의 재판관처럼 초파일 등불에 대해서 유권 해석을 내리시는 말씀 같아 입안에 은단을 머금은 듯 싸하니 상쾌해집니다.

그런가 하면 같은 해 같은 날의 《동아일보》에 박경훈 씨와 대담 중에서도 큰 도둑론을 펼치시며 어린이에 대한 각별한 관심을 나타내 보이시고 있습니다.

돈 몇 푼 훔치는 것은 어린애 같은 것이라, 성인이나 철인이라고 하자면 뭣 좀 아는 체하고 남을 속이는 게 진짜 도둑이고……. 그리고 고관(高官)이라면 우리 사회에선 좋은 집에 좋은 옷을 입는 상류 사회인처럼 인식되어 있는데 사실은 그 반대여야 되지. 이조판서에다 대제학까지 지냈던 율곡 같은 이는 죽은 후 염할 옷도 없었고 부인이 살 집이 없어 제자들이 마련해야 할 정도로 사리사욕이 없었다는 거야. 그런데 요즘 정치인이나 고관들은 보면 국민의 기대에 미치지 못하는 거야.

때 안 묻은 어린이를 집안에선 주불(主佛)로 모셔야 돼. 사람이란 나이가 들수록 때가 묻게 마련이야. 때 묻은 어른, 때 안 묻은 어린이 중 더 가치 있는 건 때 안 묻은 어린이야. 어른이 안 묻은 생활을 하기 위해선 어린이 본을 받아야 하는 이유가 바로 거기에 있지.

그리고 또 1984년 3월 17일의 《조선일보》에 법정스님과 대담 중 이런 말씀을 하십니다.

남을 돕는 데 여러 가지가 있습니다. 물질적인 도움이 있고, 정신적인 도움이 있고, 육체적인 도움이 있습니다. 정신적으로 고민하는 사람을 위로해 주는 것도 불공이고, 무거운 짐을 들어주는 것도 불공이며, 배고픈 사람에게 음식을 주는 것도 불공입니다. 뿐만 아니라 물에 떠내려가는 벌레를 구해 주는 것도 불공입니다. 불공이란 인간끼리만 국한되는 것이 아니고 일체 중생을 보호해 주고 도와주는 것은 모두 불공입니다.

불립문자란 최상급에서 하는 소리입니다. 문자도 필요없다. 부처님 법문도 필요없다, 조사의 법문도 필요없다는 소리로 알아서는 큰일입니다. 약이 필요없다는 것은 병이 없는 사람에게 해당되는 소리이지 병자에게는 약이 꼭 필요합니다. 그러니 우리가 본래의 건강을 회복할 때까지는 약을 곁에 두고 먹어야 합니다.

끝으로 1983년의 《샘터》 5월호에 정채봉 작가와의 대담중에는 이런 유머러스한 법문도 남기시고 계십니다.

「스님이 지금 느끼고 계시는 것은 무엇인지요」

「따스하니까 다니기에 좋네」

「봄이면 젊은이들한테 봄바람이 난다고 합니다만」

「꽃필 때 춤춰보는 게 좋지」

「지금도 기운 누더기 옷을 입고 계시는데, 그 옷을 입으시면 마음이 편하십니까」

「똑같애」

스님, 아직도 봄비는 내리고 있습니다. 스님의 법문을 다시 읽다 보니 마음이 개운해집니다. 특히 마지막 〈꽃필 때 춤춰보는 게 좋지〉라는 대목에서는 웃음이 절로 터져나옵니다.

따스한 날, 젊은이들이 봄바람 좀 났기로서니 어쩌겠냐는 스님의 너그러운 딴청에 어찌 함박웃음을 터뜨리지 않을 수 있겠습니까.

스님, 스님의 법문을 다시 보며 보내는 비오는 봄날의 한낮입니다. 안녕히 계십시오.

다시 서신 띄워 올리겠습니다.

귀로 듣는 것 없으니
시비가 끊어지네

미륵봉 바로 아래 딱따구리 둥지 같은 금강굴

천불동이 한눈에 드는 동굴 법당

| 설악산 금강굴 |

설악산을 자주 찾는 등산객들 중에도 금강굴(金剛窟)을 아는 이가 드물다. 수행자들 사이에도 마찬가지다. 신흥사 스님들이나 아침 일찍, 혹은 폭우가 쏟아져 등산 출입이 통제될 때를 이용하여 슬그머니 가보고 오는 곳이다. 길을 안내해주는 신흥사 정념(正念)스님은 금강굴 가는 길은 새벽 이슬에 젖은 시각이 가장 좋다고 말한다.

명상을 하며 홀로 걸을 수 있는 호젓한 길이기 때문이리라. 그때의 산길은 자신을 비추는 거울이 된다. 수행이란 것도 그렇게 자신을 들여다보는 일이 아닐까. 그래서 선(禪)은 좌선만 있는 것이 아니라 행선(行禪)도 있는 것이리라.

와선대를 지나 조금 더 오르니 비선대가 나온다. 와선대나 비선대 모두 선녀들이 구경올 만큼 경치가 빼어나다고 해서 붙여진 이름이다. 요즘 말로는 하늘나라에서 온 미녀 관광객들이다. 비선대의 널따란 바위 위에는 소풍 온 여학생들이 선녀들처럼 삼삼오오 흩어져 호호 깔깔 웃고 떠들고 있다.

그러나 나그네는 이때부터 정념스님의 설명에 긴장을 한다.

「저어기 제일 높은 암봉(巖峰)에 금강굴이 있습니다. 그러니 거기까지 오르려면 이거 하나는 꼭 필요합니다」

비선대 상점에서 생수 한 병을 사서 주며 스님은 목에 흰 수건을 감는다. 땀이 나면 닦을 자세이다. 과연 온통 바윗덩어리인 미륵봉 정상 바로 아래에 딱따구리 집처럼 구멍이 조금 나 있는 게 보이고, 거기까지 철로 만든 사다리형 계단이 아스라이 눈에 잡힌다.

또한 급경사의 산길은 비선대 오른편의 철다리를 건너자마자 시작되고 있다. 스님은 생수로 가끔 목을 축일 뿐 가볍게 오르고 있다.

「이 길이 오세암이나 백담사를 가는 지름길입니다. 예전에는 저도 이 길을 이용하여 다니곤 했습니다. 등산객들이 마등령을 갈 때도 이 길로 갑니다」

마침 초로의 한 사진 작가가 동해 일출의 장관을 찍기 위해 산을 오르고 있다. 배낭에는 닷새 분의 식량이 담겨 있단다. 그러니까 오분의 일이란 확률을 믿고 닷새 정도는 마등령 정상에서 일출의 장관을 기다리겠다는 각오이다.

하긴 수행이란 스님들만의 전유물이 아니다. 출가를 했건 안했건

금강굴 두 스님은 천불동의 어느 부처를 찾고 있을까

금강굴의 자랑은 두 가지다. 하나는 정남향의 방향으로 겨울에는 햇볕이 잘 들어 따뜻하고 여름에는 그 반대가 되어 시원하다는 것이다. 또 하나는 높이다. 외설악의 장관을 감상하기에는 가장 좋은 곳이다. 굴 안의 법당에서 삼배를 하니 땀이 비오듯 쏟아진다. 평수로 치자면 한반도에서 가장 작은 서너 평의 법당이지만 이렇게 뜨거운 열기를 느껴보기는 처음이다. 천불동을 바라보는 두 스님의 어깨 너머에서 나그네도 신심을 다져본다.

——「천불동이 한눈에 드는 동굴 법당」 중에서

간에 누구나 나름대로 신념을 가지고 그것을 실천하고 있다. 사진작가가 사진 한 컷을 잡기 위해 험한 산 정상을 고독하게 오르고 내리듯이.

유선대에 오르자, 비로소 천불동 계곡이 한눈에 든다. 삐쭉삐쭉 솟은 수많은 산봉우리들이 부처를 닮았다고 하여 이름 붙여진 천불동 계곡이다. 더구나 저 계곡이 금강산하고 연결된다고 하니 금강산 비경을 보여주는 1막 1장인 셈이다.

천불동의 장엄한 경관을 뒤돌아보니 기운이 절로 솟구친다. 이제는 금강굴로 가는 철계단이 처음처럼 위압적으로 보이지 않는 것이다. 더구나 나그네는 지금 철계단의 시설물을 편리하게 이용하고 있지만 예전의 수행승들은 허공에 떠 있는 듯한 저 높은 곳의 굴을 어떻게 올라갔을까 하고 생각하니 엄살만을 떨어서는 안 된다는 염치도 드는 것이다.

금강굴은 십수 년 전 동국대 산악반원들이 암벽 등반을 하다가 우연히 발견했다고 한다. 그때 굴에는 제비들이 텃새처럼 살고 있었고, 오래전에 스님이 수행한 흔적이 있었다고 한다. 제비가 살고 있었다는 사실은 굴이 겨울에도 따뜻하다는 것을 말한다.

사실 금강굴은 대청봉이 직각 방향으로 보이는 정남향이다. 마침 금강굴에 먼저 와 있던 한 스님과 처사의 설명도 그렇다.

「금강굴의 자랑은 두 가지입니다. 하나는 정남향의 방향인데, 겨울에는 햇볕이 잘 들어 따뜻하고 여름에는 그 반대가 되어 시원하다는 것입니다. 또 하나는 높이입니다. 외설악의 장관을 감상하기에 가장 좋은 곳입니다. 소청, 중청, 대청, 폭포가 가장 많은 천불동 계곡, 동으로는 화채능선, 서로는 백두대간의 일부인 공룡능선이 다 한눈에 드는 높이인 것입니다」

굴 안의 법당에서 삼배를 하니 땀이 비오듯 또 쏟아진다. 수십 개의 촛불이 모여 그 열기가 굴 안에 가득하기 때문이다. 평수로 치자면 한반도에서 가장 작은 서너 평의 법당이지만 이렇게 뜨거운 열기를 느껴보기는 처음이다. 천불동을 바라보는 두 스님의 어깨 너머에서 나그네도 신심을 다져본다.

금강굴 가는 길: 신흥사 청동대불 앞을 지나면 울산바위와 비선대 가는 길로 갈라지는데, 비선대 가는 길로 가면 된다. 비선대까지 거리는 2.5킬로미터, 비선대에서 다시 금강굴까지는 0.6킬로미터이다. 비록 6백 미터이지만 산행 시간은 40, 50분은 족히 걸린다. (전화: 신흥사 종무소 033-636-7044)

설악산이 하늘을 찌르고 있는 봉정암의 석가탑

암자의 법당인 적멸보궁에는 일반 법당과 달리 불상(佛像)이 없다. 산정의 오층 석탑에 불사리가 봉안되어 있기 때문이다. 그래서 나그네는 석가탑이라 불리는 오층 석탑으로 먼저 가 참배를 한다. 그러고 보니 참배를 하는 이는 나그네만이 아니다. 산봉우리에 솟구친 여러 모습의 입 다문 바위들도 천년을 하루같이 탑을 향해 참배하고 있는 것이다.

———「입 다문 바위들도 기도하는 성지」 중에서

입 다문 바위들도 기도하는 성지

| 설악산 봉정암 |

　우리나라에서 가장 높은 곳에 위치한 암자가 봉정암(鳳頂庵)이다. 해발 1244미터로 5월 초파일에도 설화(雪花)를 볼 수 있는 암자이다. 산이 높으면 골이 깊다던가. 백담계곡과 수렴동계곡, 그리고 천연의 폭포가 즐비한 구곡담계곡을 거쳐야만 암자에 이를 수 있음이다. 물론 오세암을 거쳐 산길을 타는 방법도 있지만 초행길이면 계곡의 풍광을 음미하며 가는 게 더 좋다.

　그렇다고 여유를 부리며 가는 것은 오만한 생각이다. 암자 가는 길은 그야말로 극기 훈련이나 다름없다. 쉬지 않고 걷는 여섯 시간의 산행은 기본이고 산비탈에 설치된 로프를 잡고 십수 번의 곡예를 반복해야 한다. 더구나 해발 7백 미터를 넘어서면 기상대의 예보는 쓸모가 없게 된다. 예보를 비웃듯 수시로 날씨가 바뀌는 것이다.

아닌게 아니라 해발 천 미터를 넘어서자 갑자기 천둥이 치면서 곧 비가 내린다. 오세암의 한 스님이 한사코 우비(雨備)를 가져가라 해서 챙기고 올랐는데, 비오는 산중에서는 우비가 바로 관세음보살임을 깨닫는다. 겨울비나 다름없는 산중의 비에 체온을 보호해 주었고, 잠시 후에는 우박이 쏟아져내렸기 때문이다.

스님이 우비를 챙겨주지 않았더라면, 하고 생각하니 등골이 오싹 서늘해진다. 저 아래 백담사는 진달래, 산벚꽃이 활짝 핀 봄인데, 이곳은 아직 차가운 겨울이 아닌가. 가지에 매달린 수만, 수억 개의 영롱한 물방울들이 꽃보다 더 아름답긴 하지만.

이제, 가장 오르기가 힘들다는 깔딱고개다. 누구든 평등하게 두 발과 두 손까지 이용해야만 오를 수 있는 바윗길인 것이다. 문득 마계(魔界)에서 불계(佛界)에 든다는 〈유마경〉의 한 구절이 떠오른다. 마치 험악한 바윗길이 마(魔)의 구역 같은 것이다.

봉정암은 신라 선덕여왕 13년(644년)에 자장율사가 중국 청량산에서 구해온 부처님의 진신사리를 봉안하려고 시창(始創)했다는 것이 정설이다. 그 후 원효대사와 고려 때는 보조(普照)국사가, 조선 때는 환적(幻寂)스님과 설정(雪淨)스님이 허물어진 암자를 다시 일으켜세웠던 것이고.

그러나 암자 역사에 있어서 징검다리 같은 위의 다섯 분만을 기억해서는 안 된다. 징검다리 사이로 흐르는 물처럼 흔적없이 흘러간 수많은 스님들이 암자를 지켜왔기 때문이다. 법정(法頂)스님께서 들려준 이야기인데 봉정암에는 몇십 년 전만 해도 이런 무언(無言)의 전통이 있었다고 한다. 워낙 험산의 오지이므로 겨울철 전에 암자를 내려가는 스님은 빈 암자에 땔감 나무와 반찬거리를 해놓고 하산을 하고, 또 암자를 찾아가는 스님은 한 철 먹을 양식만을 등에 지고 올라가 수행을 했다는 것이다.

1350여 년 전, 자장율사는 왜 이런 내설악의 오지(奧地)에 불사리(佛舍利)를 모시려 했던 것일까. 그때 자장율사는 불사리를 봉안하려고 금강산을 헤매고 있었다고 한다. 그러던 참에 자장율사 머리 위로 봉황새가 나타나 내설악 산정으로 안내했다는 설화가 있지만 여전히 미스터리로 남는 것이다.

깔딱고개를 넘어서자 바로 암자가 보인다. 하늘도 언제 궂었느냐 싶게 청청하게 바뀌어 있다. 그대로 선경(仙境)이 펼쳐지고 있는 것이다. 숨을 아직도 몰아쉬고 있는데 나그네의 소설 독자로서 인연을 맺은 정념(正念)스님이 반갑게 맞이한다.

「올라오면서 비를 맞으셨군요. 봉정암 오는 길의 비는 업장(業障)을 녹여주는 비지요」

암자의 법당인 적멸보궁에는 일반 법당과 달리 불상(佛像)이 없다. 산정의 오층 석탑에 불사리가 봉안되어 있기 때문이다. 그래서 나그네는 석가탑이라 불리는 오층 석탑으로 먼저가 참배를 한다. 그러고 보니 참예를 하는 이는 나그네만이 아니다. 산봉우리에 솟구친 여러 모습의 입 다문 바위들도 천년을 하루같이 탑을 향해 참예하고 있는 것이다. 이름하여 부부바위, 곰바위, 부처바위 등등이 보는 이의 업(業)에 따라서 형상을 달리하며 장엄하게 이쪽을 굽어보고 있음이다.

정념스님은 까마귀 소리를 듣고는 누군가가 온 줄 알았다고 말한다. 암자 주위에 사는 까마귀들에게 눈이 쌓여 먹이가 떨어지는 겨울철에는 아침 끼니마다 밥을 주어왔는데 이제는 까마귀들이 밥값을 한다는 것이다. 등산객들이 오면 한두 번 울고 말지만 반가운 스님이나 신도들이 올라오면 계속해서 깍깍 짖어댄다는 것이다. 이야기를 듣고 보니 까마귀한테서도 불성(佛性)이 느껴진다. 그렇다. 은혜를 갚는 심성(心性)만으로 따진다면 한낱 날짐승인 봉정암의 까마귀가 어찌 인간보다 못할 것인가.

봉정암 가는 길: 백담사에서 계곡을 따라 6시간 정도 산행을 하면 암자에 이른다. 산행은 평범한 진리를 실감나게 가르쳐주기도 한다. 땀을 몇 번이나 쏟고 나서 암자에 이르듯 고생 끝에 낙이 온다는 것도 그 한 가지이리라. (백담사 종무소 전화 033-462-3224)

나일론 양말을 도끼로 찍으시다

새벽 예불에 띄우는 편지

성철스님.

스님께서는 〈천제굴〉 시절 어린 행자들하고 생활하시며 특히 〈시물을 화살같이 하라[施物如箭]〉고 강조하였습니다. 당시 마산·진주·부산 대중들에게 도인으로 소문이 나자, 신도들 사이에서는 너도나도 시물을 가져오니 행자들에게 교육상 필요했기 때문이었습니다.

좋은 옷과 맛있는 음식을 받아 쓰지 말라.

갈고 뿌리는 일에서 먹고 입기까지 사람과 소의 수고는 더 말할 것도 없지만, 벌레들이 죽고 상한 것도 그 수가 한량이 없을 것이다. 내 몸을 위해 남들을 수고롭게 하는 것도 옳지 못한데, 하물며 남의 목숨을 죽여

가면서 나만 살려는 것은 어찌된 일인가.

농사짓는 사람들에게도 늘 헐벗고 굶주리는 고통이 따르고, 길쌈하는 아낙네들도 몸 가릴 옷이 모자라는데, 나는 항상 두 손을 놀려 두면서 어찌 춥고 배고픔을 싫어하는가. 좋은 옷과 맛있는 음식은 사실 빚만 더하는 것이지 도에는 손해가 된다. 해진 옷과 나물밥은 은혜를 줄이고 음덕을 쌓는다. 금생에 마음을 밝히지 못하면 한방울 물도 소화하기 어려울 것이다.

풀뿌리와 나무열매로 주린 배를 달래고
송락과 풀옷으로 그 몸을 가리라
산야에 깃들이는 새와 구름으로 벗을 삼고
높은 산 깊은 골에서 남은 세월 보내리.

이 『자경문』의 〈좋은 옷과 맛있는 음식〉이란 구절은 다름아닌 시물을 말함일 것입니다. 그런가 하면 밤중에 호롱불을 훅 꺼버리고 미진한 이야기를 마저 할 때도 있었습니다.

스님께서 불을 끈 이유는 분명했습니다. 부지런히 공부하여 중생을 제도하라고 신도가 보내준 호롱불 기름이라는 것이었습니다. 그러니 불을 끄고 달빛으로 얼굴을 보며 이야기해도 상관없다는 것이었습니다.

「이 행자, 도끼 가져오그래이」
「스님, 장작 패실려고요」
「이눔아, 어서 가져오그래이」
그때 스님의 손에는 나일론 양말이 두어 켤레 쥐어져 있
었습니다. 이 행자는 나일론 양말을 얻어 신으려나 보다
하고 기대했었는데 그게 아니었습니다. 장작을 패는 나무
토막 위에 양말을 놓더니 도끼로 내리찍어 조각을 내는
것이었습니다.

———「나일론 양말을 도끼로 찍으시다」 중에서

행자들은 무슨 이야기이든 어둠 속이지만 눈앞에 펼쳐지는 장면처럼 선명하게 들었을 것입니다. 스님께서는 실제로 법문만 그러신 게 아니라 실천으로 보여주신 까닭입니다. 〈나일론 양말 시물 사건〉이 그랬습니다.

스님.

스님의 양말은 3년 이상 된 기운 것들이었으므로 천조각 뭉치나 다름없었습니다. 반면에 천제굴을 드나드는 이름있는 스님들의 양말은 늘 정갈했습니다. 나중에 행자들이 안 사실이지만 구김이 가지 않는 나일론 양말이기 때문이었습니다.

보다 못한 마산 신도가 스님에게도 나일론 양말을 사다드린 것이 사건의 발단이었습니다. 스님은 방구석에 던져두고 몇날 며칠을 신지 않더니 어느 날 이 행자를 불러 소리쳤습니다.

「이 행자, 도끼 가져오그래이」

「스님, 장작 패실려고요」

「이눔아, 어서 가져오그래이」

그때 스님의 손에는 나일론 양말이 두어 켤레 쥐어져 있었습니다. 이 행자는 나일론 양말을 얻어 신으려나 보다 하고 기대했었는데 그게 아니었습니다. 장작을 패는 나무토막 위에 양말을 놓더니 도끼로 내리찍어 조각을 내는 것이었습니다.

스님.

그런데 이 일은 아무것도 아니었습니다. 몇 달 뒤, 이 행자에게 이보다 더 아쉬운 일이 벌어졌다고요. 어떤 신도가 천제굴에서 기도를 했더니 자기 아들이 무슨 시험에 합격하였다고 당시 최고급 시계를 갖다준 일이 있었다고요. 신도가 가버리고 나자 스님께서는 시계를 꺼내들고 이렇게 말했다고 합니다.

「이기 라도시계라는 거다. 사람들이 너도나도 갖고 싶어하는 시계라는 것을 나도 알지」

이때도 스님은 이 행자 앞에서 나무토막 위에 시계를 올려놓고 돌로 쳐 산산조각이 나게 부숴버렸습니다.

「산중 중이 무슨 시계가 필요하노. 『자경문』 끝에 뭐라캤노」

「잊어버렸습니다」

「이 행자야. 금생에 마음 밝히지 못하면 한방울 물도 소화시키지 못한다코 했다카이. 그러니 공부하는 놈이라면 한순간이라도 시계 볼 여유가 어데 있겠노」

물론 신도가 밉고 싫어서 그런 것은 아니었겠지요. 자신이 먼저 시물을 경계하고, 어린 행자들도 시물을 두렵게 여기라는 스님의 단호한 행동이었던 것입니다.

스님.

이처럼 시물을 경계하는 스님의 태도는 건강이 극도로 쇠약해진 팔순의 해인사 백련암 시절에도 변함이 없었습니다. 재계에서 이름

석 자만 대면 누구나 다 알 수 있는 모 재벌 부부가 삼천배를 하고는 스님을 만난 적이 있었지요.

그 재벌 부부는 스님을 뵙자마자 미안하여 어쩔 줄 몰랐습니다. 자신들은 따뜻한 겨울옷을 입고 있는데, 스님은 몇십 년 됐다는 누더기를 걸치고 있기 때문이었습니다. 재벌 부부는 신도로서 가슴이 아파 충심으로 말했습니다.

「큰스님, 당장 따뜻한 털내의를 사오겠습니다. 허락해 주십시오」

스님은 가타부타 말을 안했습니다. 재벌 부부의 호의를 무시하지 않으면서도 거절을 하고 있는 셈이었습니다.

「무엇이든 말씀만 내리신다면 저희는 환희심을 내어 보시하고 싶습니다」

재벌 부부는 스님이 기쁘게 받아들일 것이라고 생각했는데, 두번째도 대답이 없자 당황을 했습니다. 그러자 스님께서는 빙그레 웃으며 말했습니다.

「나는 아무것도 필요없는 사람인기라. 하루 두 끼의 무염식으로 좌선하며 정진하는 내가 달리 무엇이 필요하겠노. 그러나 한 가지 청이 있다」

「큰스님, 청이 무엇이옵니까」

「처사가 경영하는 회사원들, 특히 공장의 노동자들에게 환희심을 가지고 털내의를 선물해 주그래이. 자신의 욕망으로 죄업이 운무

(雲霧)같이 쌓인 사람이 부처님 전에 불공 몇 번 하고 스님들에게 공양한다 해서 지옥고를 어찌 면하겠노. 중생을 위해 대자비심을 일으켜 실천하는 사람이 바로 참 불자요, 먼 미래에 부처를 이루는 기초가 되는 것인기라. 알겠노. 내 청은 바로 그것인기라」

흰 눈이 내리는 그날 밤, 재벌 부부는 다시 법당으로 올라가 삼천배를 시작했다고 하며, 스님께서는 이후 열반에 들기 전까지도 신도들로부터 오는 시물을 극구 멀리했다고 전해지고 있습니다.

스님. 요즘에는 산사를 가보아도 불사가 한창입니다. 얼핏 보아서는 한국 불교의 중흥기가 도래하지 않았나 하는 느낌도 듭니다. 그러나 겉이 변한다고 속까지 그런 것일까요. 올곧은 수행자가 쏟아져 나와 한국 불교의 기둥도 되고, 서까래도 되야 그게 진짜 불사가 아닐까요. 스님께서는 불사를 하더라도 단청을 못하게 하셨지요. 〈단청 값이 가람 한 채 값〉이라고 하면서 말입니다. 그래서 백련암에는 단청이 없다는 것을 저는 보아 알고 있습니다.

스님. 양말 한 켤레도 화살처럼 무섭게 여긴 스님의 정신이 그립습니다. 가난해야 도심(道心)이 생긴다는 말씀도 새삼 떠오르는 오늘입니다.

토굴의 종은 왜 울렸나

새벽 예불에 띄우는 편지

법전스님.

스님을 뵌 지가 세 달이 지났습니다. 그러니까 지난 초여름 6월 14일에 스님을 퇴설당에서 원택스님과 함께 뵈었지요. 스님께서는 아마 잊어버렸을지도 모르겠습니다만 저는 그때의 광경이 지금도 선명합니다.

반개한 듯한 두 눈과 소탈한 미소가 스님의 매력 같았습니다. 퇴설당 방에서 저는 삼배를 올렸고, 스님께서는 미안한 듯 저의 예를 살짝 미소를 띠며 받아들이셨던 것으로 기억됩니다.

인터뷰는 한시간 이상 계속되었지요. 스님께서는 술술 재미있게, 어떤 대목에서는 쩝쩝 입맛을 다시면서 아주 실감나게 이야기를 해주셨습니다. 그러니까 퇴설당에 들어가기 전에 제가 했던 걱정은 기우에 불과했지요. 원택스님이 제가 혹시 실수를 할까 봐 이런 주의를 주었거든요.

「방장스님께서는 이야기를 길게 하지 않고 늘 단답형으로 말씀을 하시는 분입니다. 그러니 참고하시기 바랍니다」

말하자면 쓸데없이 길게 캐묻거나 이야기를 끌어 스님께 부담을 주지 말라는 부탁이었습니다. 그런데 막상 인터뷰를 하는 동안 스님의 얘기는 물흐르듯 하였고, 기억도 아주 분명하여 더듬거리는 부분도 없었습니다.

퇴설당을 나온 원택스님이 혀를 내두를 정도였습니다.

「방장스님 얘기를 많이 들었습니다만 오늘 가장 재미있게 하신 것 같습니다. 정 선생은 운이 좋은 사람입니다」

그 말은 사실이었습니다. 스님께서도 감개가 무량하셨는지 〈오늘 내가 한 말을 반살림(결제 기간의 중간) 때 대중에게 이야기해야겠다〉고 말씀하시기도 했습니다.

스님.

그런데 저는 막상 스님의 얘기를 듣는 동안 소설의 대상이 되는 성철스님에 대한 이야기보다는 왠지 스님의 얘기에 더 흥미를 느끼고 말았습니다. 성철스님과 스님의 인연이란 어쩌면 다 알고 있는, 사실을 확인하는 정도에 불과했지만 스님의 수행담은 처음 공개되는 내용이기 때문이었습니다.

〈아, 어른 스님들에게는 누구도 흉내낼 수 없는 전설 같은 수행 담이 있구나.〉

스님께서는 토굴살이 수행담을 담담하게 들려주었는데, 그때 저는 한동안이나마 스님과 마주하고 있다는 게 아주 감격스러웠답니다.

스님. 오늘 다시 기억을 더듬어 스님께 들었던 얘기를 그대로 옮겨보겠습니다.

「성철 노장님이 계시는 성전암에서 묘적암으로 갔지요. 노장님이 한산시를 읽어보라고 해서 읽어봐도 마음에 와 닿지 않고, 더구나 노장님 법문도 다 내 얘기가 아닌 것 같고…… 어딘가 체한 것처럼 통쾌치 않아요. 어딘가 늘 찝찝하고 석연치 않더란 말이오」

그래서 스님께서는 마침 비어 있는 묘적암으로 갔는데, 윤필암에 거처하는 비구니 스님들에게 이런 약속을 했다고요

「혼자 있는 내게 무슨 일이 있으면 종을 칠 것이오. 그러면 올라오시오」

화두는 조주 무(無) 자.

누에고치처럼 암자에 있는 것들을 다 먹은 뒤에는 자결하겠다는 각오로 문을 닫아걸고 화두를 들었다는 스님의 얘기에 원택스님과 저는 문득 숙연해지는 느낌이었습니다.

먹는 것은 시늉만 낼 뿐이었다고요. 한번에 쌀을 닷 되씩 앉혀 밥

을 많이 해서 양재기에 퍼놓고 보자기를 덮은 뒤 윗목에 놓아두었고, 반찬은 딱 한 가지, 단지 안에 든 김치였다고요. 목이 칼칼하면 돌샘으로 나가 찬물을 한모금 축이는 게 전부였고.

말씀 도중에 스님께서는 쓸쓸하게 웃기도 하셨습니다.

「요즘 스님들 토굴을 가보면 복잡해. 냉장고에 깨소금, 참기름 등등 부족한 것이 없어요. 그래 가지고는 토굴살이가 안 돼」

스님.

성전암을 가기 얼마 전이었다고요. 이때는 스님이 허기가 져 식광(識狂)이 들어 한순간에 미쳐버릴지도 모르는 그런 상황이었지요. 제 생각에는 무(無) 자 화두와 혈투를 벌이는 스님의 각오로 보아 그렇게 짐작이 됩니다.

스님의 외모는 틀림없이 미친 사람과 진배없었을 것입니다. 조주 무(無) 자를 들고 암자를 들어서는 순간부터 세수와 양치질은 물론 방 청소도 공부에 장애가 될까 봐 하지 않으셨다고 말씀하시니 말입니다.

바로 그런 때 윤필암의 비구니 스님들이 암자문을 따고 들어왔다고요. 스님이 버럭 「종을 치지 않았는데 어째서 올라왔느냐」 하고 소리치자 비구니 스님들이 「종소리가 나서 올라왔다」고 대답했다고요. 한 사람도 아니고 여러 사람이 들었다니 스님으로서도 달리 할 말이 없었겠지요.

더구나 비구니 스님들은 스님께서 제일 좋아하는 순두부를 닷 되들이 차관에 가득 담아왔다고 합니다. 우선 순두부를 한 사발 먹고 기운을 내신 다음, 스님께서는 다시 깊은 정진에 드셨던 것 같습니다. 비구니 스님들이 순두부를 가지고 왔다는 것을 바로 잊어버렸기 때문입니다.

「하루는 느닷없이 차관이 보입디다. 그러나 몇날이 지나가버렸는지 새카맣게 곰팡이가 끼어 있었어요」

윤필암의 비구니 스님들이 갖다준 순두부조차 잊어버렸을 정도이셨는데, 무(無) 자 화두가 깨뜨려지지 않는다면 그것도 이상한 일이 아니겠습니다. 암자문을 닫아건 지 석 달이 채 못 된 어느 날, 마음에 변화가 와서 성철스님이 계시는 성전으로 발걸음을 옮기셨다고요.

마침 팔공산에는 눈이 내려 산길은 몹시 미끄러웠을 것입니다. 더구나 스님께서는 석 달 간 죽기살기로 한 정진 끝이라 힘이 다 소진돼 한발한발 내딛기도 어려웠을 것입니다.

「허기가 져 솔잎을 따서 씹고 흰 눈을 한줌한줌 먹고 갔지요. 눈하고 솔잎을 하도 먹었더니 나중에는 마취주사를 맞은 것처럼 입이 얼어붙어 얼얼했어요」

밤 열두시쯤 도착한 스님은 성전암의 철조망을 뛰어넘어 마당에서서 팔공산이 쩌렁쩌렁 울릴 만큼 할(喝)을 했다고요. 그러자 성철스님이 뛰어나왔고, 당신은 그제야 방으로 들어가 드러누워버렸다는 것이었습니다.

그렇습니다. 성철스님께서는 공부가 안 된다고 수좌들이 찾아와 고민을 털어놓을 때마다 「니 정말 공부해 봤나, 이 곰새끼야」 하고 인정사정없이 몽둥이를 휘둘렀다고 합니다. 그런데 성철스님께서는 스님을 보시고는 왠 떡장사처럼 행자를 부르더니 「떡 헐까」 하고 토굴살이 정진에 만족해하셨다고요. 그러나 스님은 「떡은 무슨 떡을 합니까. 잘 먹지도 않는 떡을」 하고 거절하셨다는데, 이 부분에 이르러 두 분의 곰살가운 정경이 머릿속에 그려져 미소가 지어집니다.

법전스님.

토굴이 꼭 윤필암, 묘적암이 있는 사불산에만 있는 것은 아닐 것입니다. 우리들 마음속에도 깊은 청산이 있고, 또 거기에 토굴을 한 채 지을 수 있는 것 아니겠습니까. 그런 토굴에서 스님처럼 자결할 각오로 작가는 작가로서의 화두를, 장사치는 장사치로서의 화두를, 노동자는 노동자로서의 화두를 하나씩 들고 정진한다면 무엇인들 이루어지지 않겠습니까.

스님의 토굴살이 이야기가 왠지 자주 떠오르는 요즘입니다. 몸체는 없고 바람에 깃털들만 날아다니는 세상이기 때문인지도 모르겠습니다. 스님, 안녕히 계십시오.

깊어가는 가을, 약수터의 물맛까지 쓸쓸한 내원암

법당 부처님의 미소도 희미하기만 하다. 나그네가 한 달
전에 보았던 일본 교토 광륭사의 미륵반가사유상처럼 우
는 형상 같기도 하고. 실제로 광륭사에서는 그 미륵을 〈우
는 미륵〉이라고 부르고 있지만 내원암의 부처님은 나그네
의 울적한 마음 때문에 그렇게 보이고 있는지도 모른다.

——「전생을 알려면 오늘의 자신을 보라」중에서

전생을 알려면 오늘의 자신을 보라

| 설악산 내원암 |

숲속의 오후 세시 분위기는 평지의 황혼 무렵과 같다. 더욱이 깊어가는 가을이므로 그 고즈넉함은 더하다. 이런 날에는 무엇이건 쓸쓸하게 보인다. 암자로 가는 길목의 오래된 다섯 기의 부도(浮屠)도 쓸쓸하고, 코스모스 사이에 선 거대한 불상도 마찬가지다. 산그늘이 한켜한켜 쌓여서 어느새 수심에 찬 모습인 것이다. 과장하자면 암자가 자랑하는 약수터의 물맛까지 쓸쓸하다. 이 시각에는 건강에 좋다는 약수 속의 미네랄도 감정에 밀리고 마는 것이다.

한때 능인암이라 불리던 내원암(內院庵)은 신흥사의 전신이다. 불가의 말로는 신흥사의 전생 모습이라고 할 수 있다. 자장 율사가 향성사(香城寺)를 창건한 것은 진덕여왕 6년(652년)이라고 한다. 그러나 향성사가 불에 타 사라지자 의상스님이 능인암(能仁庵) 자리에 선정사(禪定寺)라고 이름을 바꾸어 크게 지었다는 것이다. 이후 또 불이 나자 절을 다시 옮겨 짓고는 신흥사라고 하였다니 그렇다.

전생의 모습을 알려면 오늘의 자신을 보라고 했던가. 과거에 지은 업에 따라 모습이 바뀐다는 인연의 법칙 때문이다. 오늘 신흥사가 글자 그대로 새롭게 흥하는 것을 보면 능인암 시절 이후의 수도승들이 남긴 음덕 때문이라는 것을 누가 부정하겠는가.

그런 전통에도 불구하고 내원암은 침잠해 있는 모습이다. 안간힘을 쓰며 홀로서기를 시도하고 있으니 안쓰러워 보이는 것이다. 암자 앞에 펼쳐진 억새꽃의 눈부심이나, 힘차게 우뚝 선 울산바위의 기운도 암자까지는 못 미치는 것 같다.

그래서인지 법당 부처님의 미소도 희미하기만 하다. 나그네가 한 달 전에 보았던 일본 교토 광륭사의 미륵반가사유상처럼 우는 형상 같기도 하고. 실제로 광륭사에서는 그 미륵을 〈우는 미륵〉이라고 부르고 있지만 내원암의 부처님은 나그네의 울적한 마음 때문에 그렇게 보이고 있는지도 모른다.

마당에는 계곡의 찬 물소리만이 가득하다. 마치 물소리가 마당을 쓸고 있는 듯한 느낌이다. 그런가 하면 풍경은 물고기 형상이 사라지고 몸체만 처마 끝에 매달린 채 벙어리가 되어 있다.

다행히 법당 기둥에 걸려 있는 「선종고련(禪宗古聯)」의 한구절에 나그네는 마음이 따뜻해짐을 느낀다. 주승(主僧)이 출타하고 없어

120

맥없이 서성거리고 있는데, 그나마 이 한구절이 빈 마음에 울림을
주는 것이다.

성내지 않는 그 얼굴이 참다운 공양이요
부드러운 말 한마디 그윽한 향이어라.
마음속에 티없음이 진실이요
물들지 않으면 이것이 실상이네.

그렇다. 참다운 공양이란 〈웃는 얼굴〉이요 그윽한 향이란 〈부드
러운 말 한마디〉라는 것을 의심치 않는다. 이 도리를 다시 한번 일
깨워준 산그늘 짙은 내원암에 나그네는 감사를 보낸다. 거친 삶 속
에서 이보다 더 귀한 도리가 또 어디 있을까. 나그네는 가만히 미소
를 던지며 암자의 돌계단을 내려선다.

내원암 가는 길: 신흥사에서 울산바위 가는 쪽으로 2킬로미터 떨어진 거리에 있는
데, 걸어서 30분 정도 걸린다. 조금 더 오르면 타원형의 흔들바위가 나오는데, 바로
거기에 계조암이 있다. (전화: 신흥사 종무소 033-636-7044)

남한강의 발원지에 자리한 너와집의 염불암

「스님, 스님」 하고 불러도 대답이 없길래 문을 열어보았
더니 방안에는 앉은뱅이 책상 하나와 거기에 놓인 탁상
시계 하나가 눈에 들어올 뿐이다. 인기척을 느끼고 어디
로 산짐승처럼 피해버린 것은 아닐까. 무서워서 그런 것
은 아니리라. 여기서 수행하는 스님들은 여름이 되면 뱀
하고 함께 산다고 하니 말이다.

──「아침 햇살에 등신불로 빛나는 너와집」 중에서

아침 햇살에 등신불로 빛나는 너와집

| 오대산 서대 염불암 |

　서대(西臺) 염불암(念佛庵)으로 가는 산길 초입부터 고목들이 넘어져 있는 게 보인다. 나무도 나이가 들면 골다공증을 앓는지 속이 텅 빈 채 제 몸무게를 이기지 못하고 넘어져 있는 것이다. 어떤 것은 벌써 십수 년이 흐른 듯 검붉은 흙으로 돌아가고 있는 모습이다.

　고목의 그런 모습은 왠지 겸손하다. 자연의 섭리가 그러하듯 지극히 자연스럽기 때문이다. 염치없는 인간들처럼 호화 분묘니 묘지 공원화니 하여 죽는 순간까지도 허명을 남기려 하는 미망(迷妄)에 사로잡혀 있지 않은 것이다. 자신을 키워주었던 어머니인 산에게 아무런 이름없이 겸허하게 안겨 있음이다.

　조금 더 오르니 잔설 속에서 드러난 산죽들이 시퍼렇다. 그리고 고목의 가지를 치며 지나가는 바람소리가 염불암의 독경 소리처럼 갑자기 가깝게 들려온다. 문득 일주문처럼 버티고 선 두 고목 사이에서 걸음을 멈추어 본다. 일출(日出)을 보고자 이렇게 새벽부터 염불암을 찾아가는 것이 정진하는 스님에게 방해되는 일은 아닐까 해서이다.

서대를 기억하게 하는 또 하나의 명물은 우통수(于筒水). 한강의 발원지라고 하여 유명한 조그만 샘이 서대 입구에 있는데, 그 물을 우통수라고 부르는 것이다. 염불암은 신라 때부터 조선초까지는 수정암(水精庵)이라고 불렸다고 한다. 고려말 선비인 권근(權近)의 〈서대 수정암 중창기〉에도 그렇게 쓰여져 있다. 그러니까 수정암에서 현재처럼 염불암이라고 불린 것은 조선 후기부터가 아닐까 싶다. 이윽고 우통수에 다다른다. 돌로 이뤄진 정사각형 모양의 이 조그만 샘이 한강물의 시원(始原)이라고 하니 신기하기조차 하다. 여기서 한 방울의 물이 흘러 도도한 한강이 된다는 것이다. 또한 우통수는 다인(茶人)들 사이에 성지로 알려지고 있는데, 그것은 다른 곳의 물보다 무게가 무겁고 빛과 맛이 변치 아니하여 찻물로서 최고이기 때문이라고 한다.

우통수의 샘에서 너와집의 암자까지는 스무 걸음이나 될까. 우통수로 목을 축이고 암자에 이르자 일출의 장관이 펼쳐지고 있다. 비록 한반도의 암자들 중에서 가장 초라한 암자지만 일출의 빛살을 받는 염불암은 그대로 등신불(等身佛)이 되어 빛나고 있는 것이다. 그

124

런데 암자는 너무 적막하여 엄숙하다. 사람의 기운을 느낄 수 있는 것이라곤 토방에 단정하게 놓여 있는 검정고무신 한 켤레뿐이다.

「스님, 스님」 하고 불러도 대답이 없길래 문을 열어보았더니 방 안에는 앉은뱅이 책상 하나와 거기에 놓인 탁상 시계 하나가 눈에 들어올 뿐이다. 인기척을 느끼고 어디로 산짐승처럼 피해버린 것은 아닐까. 무서워서 그런 것은 아니리라. 여기서 수행하는 스님들은 여름이 되면 뱀하고 함께 산다고 하니 말이다. 너와 지붕에서 뱀들이 방안으로 툭툭 떨어지면 〈금강아, 화엄아〉 하고 이름을 붙여 불러준다는 얘기가 전해지고 있다.

염불암 가는 길: 상원사에서 2.8킬로미터 떨어진 곳에 있지만, 경사가 심한 길이므로 쉬엄쉬엄 한 시간 정도는 걸어야 암자에 다다른다. 산길 입구의 안내판에는 암자로 가는 화살표를 누군가가 일부러 지워버린 흔적이 보이는데, 그렇다고 섭섭해서는 안 된다. 말 많은 사람들의 입장을 사절한다는 표시가 아닐까.

까치가 떠나는 절을 보며

새벽 예불에 띄우는 편지

달마스님.

저는 지난 1년 동안 《중앙일보》에 〈암자로 가는 길〉이란 조그만 칼럼을 맡아 쓰느라고 심심산골의 암자를 찾아다녔습니다. 직장이 있어 한달 내내 다닌 것은 아니지만 토요일 새벽에 떠나 일요일 밤 늦게 돌아오는 강행군을 하였지요. 몸은 고달팠지만 저는 그것도 1박 2일의 출가라 생각하고 운수승(雲水僧) 흉내를 내며 작은 행복을 느끼곤 했답니다.

스님, 제가 절을 택하지 않고 암자를 찾는 것은 모든 산속이 관광지화되고 있는 요즘 그래도 그곳만은 청정공간이 아닐까 싶어서였습니다. 그러나 몇몇 암자는 어느새 시끄럽고 북적거리기는 마찬가지였습니다. 사람들이 몰려들어 그렇기도 하지만 불사(佛事)를 하느

126

라고 어수선하게 변해 있었습니다.

그런 현장을 목격할 때마다 저는 왕방울 만한 눈을 부릅뜬 달마스님을 가장 먼저 떠올렸습니다. 스님께서 중국땅에 건너왔을 때도 당시 양나라는 불경을 외고, 불사를 하느라고 온 나라가 떠들썩하였지요. 그때 스님께서는 양나라의 그런 불교의 모습을 보시고는 자탄을 하셨었지요. 모두가 눈을 밖으로 돌릴 때 스님은 눈을 안으로 돌려야 한다고 말씀하셨습니다. 소림사 석굴에서 9년 면벽 수도를 한 것도 사실은 스님의 그런 마음을 보여주고자 한 법문이 아니었습니까.

달마스님.

지금 우리나라에도 큰 절마다 불사가 한창입니다. 가람이 으리으리하게 지어지고 탑이나 석등이 절의 위세를 보여주듯 여기저기에 세워지고 있답니다. 그래서 그런지 어떤 절을 물어물어 찾아가 보면 까치는 보이지 않고 빈 둥지만 가지에 걸려 있을 뿐입니다. 염불도 스님이 직접 외는 낭랑한 소리가 아니라 음질이 닳고 닳은 스피커의 소리이더군요. 녹음된 목탁 소리 역시 새들을 훠이훠이 쫓는 소리처럼 들리고 있었고요. 그러니 까치뿐만 아니라 수도승인들 어찌 그런 곳에 둥지를 틀겠습니까.

하긴 불교를 활짝 꽃피웠던 신라, 고려 시대를 다시 맞이하는 것도 같습니다. 이런저런 이유로 주저앉아버릴 것 같던 불교가 다시 용틀임을 하고 있으니 말입니다. 설악산 산정에 있는 봉정암에도 백 평이 넘는 법당이 지어지고, 남해 보리암의 비좁은 바위 틈새에도 여러 요사가 들어서고 있는 현실입니다.

스님, 솔직히 제가 대여섯 시간이나 비를 맞고 우박을 맞으며 봉정암을 찾아간 동기는 청정한 스님을 뵙고 취재를 하기 위해서였지 그런 불사의 현장을 확인하러 간 것은 아니었습니다. 금산의 보리암을 오른 동기도, 취재도 할 겸 신심을 깊게 하고 싶어서였지 무엇을 구경하러 간 것은 아니었지요.

달마스님.

저는 스님을 이해할 수 있습니다. 스님께서 양무제를 꾸짖은 〈말 속의 말〉을 알아들을 수 있을 것 같습니다. 그렇습니다. 수행의 혼이 담겨 있지 않은 불사는 정신이 없는 육체에 불과한 것이고, 한마디로 그것은 무공덕(無功德)한 것일 뿐입니다. 일찍이 스님께서는 양무제의 물음에 이렇게 답변하셨습니다.

「짐이 왕위에 오른 이래 절을 짓고 경을 옮기고 스님을 공양한 것이 헤아릴 수 없이 많은데 어떤 공덕이 돌아오겠소」

무제는 자신에게 돌아올 공덕에 대해서 상세하게 듣고 싶었던 것입니다. 그런데 스님의 대답은 그를 여지없이 실망시키고 말았습니다.

「아무 공덕이 없습니다」

여러 신하들로부터 조석으로 칭송하는 말을 들어왔던 무제인지라

절을 택하지 않고 암자를 찾는 것은 모든 산속이 관광지화
되고 있는 요즘 그래도 그곳만은 청정 공간이기 때문이다.
눈을 안으로 돌려, 자성을 밝히는 데 노력하는 것, 그것
이 자기를 찾기 위한 〈생각하는 불교〉인 것이다.

——「까치가 떠나는 절을 보며」 중에서

충격이 크지 않을 수 없었지요.

「어찌하여 공덕이 없다는 말이오」

그러자 스님께서는 태연하게 말씀하셨지요.

「그런 공덕은 다만 윤회 속의 조그만 결과에 지나지 않는 것, 언젠가 흩어지고 말 것들이오. 그런 공덕은 마치 물체를 따르는 그림자처럼 있는 듯하지만 사실은 없는 것이오」

「그럼 어떤 것이 진실한 공덕이오」

「청정한 지혜는 미묘하고 온전해서 그 자체가 공적(空寂)한 것이오. 그 같은 공덕은 세속적인 명예욕을 가지고서는 구해도 구할 수가 없습니다」

그래도 무제가 알아듣지 못하자 스님은 그와 근기가 맞지 않음을 알고 그곳을 홀연히 떠나셨지요. 눈에 보이는 것에만 관심을 두고 불사를 해온 무제에게 스님은 실망을 하지 않을 수 없었을 것입니다. 자성을 밝혀 지혜를 얻는 수행이야말로 진실한 공덕인데도 말입니다.

오늘 우리들은 무제를 한낱 역사 속의 어리석은 위인으로 비웃지만 우리들 자신이 바로 무제인지도 모릅니다. 저 자신만 해도 눈을 안으로 돌려, 자성을 밝히는 데 노력하기보다는 헛눈을 팔고 있기 때문입니다. 어찌보면 스님께서는 자기를 찾기 위한 〈생각하는 불교〉를 주장하신 듯합니다. 무엇을 생각한다는 것처럼 따분하고 지겨운 일도 없을 것입니다. 오늘의 젊은이들이 텔레비전이나 비디오에 탐닉하는 것도 〈생각하기를 기피하는〉 그런 증후군이 아닐런지요. 그러나 스님께서는 9년 면벽을 하여 참으로 깊은 생각 속으로 들어간 경지를 열어보이신 분입니다.

달마스님.

불사란 수행의 씨가 뿌려져서 향기를 퍼뜨리는 꽃이어야 한다고 생각합니다. 저절로 거두어지는 열매가 되어야 한다고 생각합니다. 수행의 혼이 스며 있지 않은 불사는 향기 없는 조화(造花)에 불과할 뿐이기 때문이지요.

통도사의 금강계단이나 해인사의 장경각, 송광사의 국사전을 보면 금세 느낄 수 있습니다. 그것들은 동양 최대도 아니고 최고(最古)도 아니지만 대할 때마다 우리에게 예술로서 감동을 주고 신심에 불을 지펴주고 있습니다. 스님, 사실 요즘의 불사를 보면 뭔가 어색하고 답답함을 감지하게 되는 것은 그곳 도량과 스님들의 서릿발 같은 기상이 담겨 있지 않고, 절의 재력(財力)만 보이기 때문인지 모르겠습니다.

달마스님.

스님도 불사 자체를 반대하시지는 않았다고 생각됩니다. 불사가 최상의 공덕인 줄만 알고 그렇게 흘러가는 당시 풍조에 경종을 울리기 위해서 그런 말씀을 하신 것으로 믿습니다. 스님, 거듭 소망하거니와 이제는 복전함이나 신도들의 헌금에서가 아니라 바위라도 쪼갤 듯한 스님들의 올곧은 수행력으로 불사의 꽃이 피었으면 하는 바람입니다.

지극한 마음으로

새벽 예불에 띄우는 편지

달마스님.

한달 만에 다시 편지를 씁니다. 어떤 사람은 답장이 없는 편지를 왜 쓰느냐고 핀잔을 주기도 합니다만 저는 그런 말에 대꾸하지 않기로 했습니다. 스님의 답장 즉 메아리가 없다는 것은 저의 간절함이 부족하기에 그럴 것이라고 믿고 싶기 때문입니다.

달마스님.

저는 편지를 쓰면서 언어에 매달리지 않고 스님의 마음속으로 들어가려 합니다. 스님의 마음속으로 들어갈 수만 있다면, 스님을 주인공 삼아 전해지고 있는 〈조사가 서쪽으로 온 까닭〔祖師西來意〕〉의 화두가 저절로 풀어질지도 모르기에 말입니다. 저는 스님께서 하신 말씀을 금과옥조 삼아 우리도 그렇게 따라야 한다는 법사나 학자들의 말에 별로 흥미를 못 느낍니다.

스님은 훈육 주임이나 도덕 교사가 아닙니다. 분명, 스님은 여러 화두를 남기시고, 법문도 많이 하셨었지요. 오죽 답답하면 많은 말씀을 하셨겠습니까. 그러나 스님을 도덕 교사나 훈육 주임으로 과소평가하는 어리석음을 범해서는 안 될 듯 싶습니다. 저는 말씀하지 않고는 못 견딜 것 같은 스님의 그때 그 마음을 헤아려야 한다고 생각합니다. 스님은 도덕 교사처럼 교훈적인 상담의 말을 한 게 아니라, 상대의 마음이 되고, 한 몸이 되어 그들의 열뇌(熱惱)를 녹여주려 하였던 것입니다.

달마스님.

지난 가을의 일입니다. 저는 심심산골의 암자를 돌아다니면서 깨달은 게 하나 있습니다. 지난 일 년 동안 가장 많이 들었던 염불 중의 한 구절은 아마도 〈지심귀명례(至心歸命禮)〉일 것입니다. 그때마다 저는 〈지극한 마음으로 귀의합니다〉 정도의 뜻으로 받아들였지요. 어떤 암자에서는 기도하는 주간이 되어 하루에도 수만 번이나 〈지심귀명례〉를 외는 소리가 들리기도 하였습니다.

달마스님.

건성으로 듣는 귀라면 아무리 좋은 구절인들 무슨 소용이 있겠습니까. 마음에까지 와 닿아야만 전류가 흐르듯 불이 환하게 켜지는 것 아니겠습니까. 그렇습니다. 저는 가슴이 아니라 〈지심귀명례〉를

〈지심귀명례〉 지극한 마음으로 귀의합니다. 붉음을 다
토해내고 난 후, 한잎 한잎 뿌리로 돌아가기 위해 떨어지
고 있는 낙엽, 서걱이는 대나무 이파리들. 찬 서리에 푸
름을 더해가는 배추의 푸른 잎도 모두 지심귀명례를 외고
있는 것이다.

——「지극한 마음으로」 중에서

머리로 들었을 뿐이었습니다. 그런데 지난 가을, 전남 화순에 있는 쌍봉사 다성암 극락전 앞에서 문득 〈지심귀명례〉가 무언지 깨달았던 것입니다. 고목이 된 단풍나무에서 낙엽이 떨어지고 있었는데, 저는 그 순간 〈지심귀명례〉라는 화두 하나가 풀어지듯 했던 것입니다.

스님, 붉음을 다 토해내고 난 후, 한잎한잎 뿌리로 돌아가기 위해 떨어지고 있는 낙엽이야말로 지심귀명례를 하고 있는 것이 아닐런지요. 그러고 보니 〈지심귀명례〉 하고 있는 것은 낙엽만이 아니었습니다. 대나무 이파리들도 서걱서걱 소리를 내며 〈지심귀명례〉를 외는 것 같았고, 배추의 푸른 잎도 지심귀명례를 알게 해주었습니다. 찬 서리에 푸름을 더해가는 것도 배추의 〈지심귀명례〉가 아니었겠습니까.

그뿐만 아니었습니다.

쌍봉사 주지이자 다성암 암주이기도 한 관해(觀海)스님한테서도 〈지심귀명례〉를 보았습니다. 스님은 큰절에서 부전이나 총무 등 소임을 맡으며 돌아다니다가 쌍봉사에 정착한 듯했습니다. 폐사나 다름없는 시골 절에서 수행하기로 결정한다는 것은 말처럼 그리 쉬운 일은 아니었을 테지요. 마치 우리 같은 속인이 도시 생활을 청산하고 시골로 낙향하는 것처럼 어떤 결단이 필요했을 것이기에 말입니다.

저의 추측은 사실이었습니다. 큰절에서 부전 소임을 볼 때는 기도나 염불을 하고 나면 신도들이 거액의 시줏돈을 가져다주어 물쓰듯

많이 알수록 자성을 더 빨리 볼 수 있을 텐데 왜 스님께
서 그런 역설을 말씀하셨는지 이해할 수 없었답니다.

그런데 곰곰이 생각해 보니 이제는 알 듯도 싶습니다. 우
리 주위에는 불경을 달달 외는 스님이나 학자들이 얼마나
많습니까. 우리 주위에는 세상의 고민을 다 해결해 줄 것
처럼 목청 높이는 말 잘하는 법사들이 얼마나 많습니까.
그런데도 세상의 공기는 아직 맑아지지 못하고 있습니다.

——「지극한 마음으로」중에서

이 돈을 쓰곤 했다는 것이었습니다. 그리고 재력 있는 신도들이 모든 편의를 제공해 주어 조금의 불편을 모르고 생활했다고도 고백하였습니다. 그러던 스님에게 시골 생활은 불편하기 짝이 없었겠지요.

그러나 바로 그 가난과 불편함 때문에 스님은 그 동안 흙 묻은 거울처럼 세속의 때로 가려져 있던 자성(自性)이 차츰 밝아지는 것을 깨달았다고 합니다. 스님이 한 얘기 중에 지금도 잊혀지지 않는 게 하나 있습니다.

달마스님.

관해스님이 하루는 절에서 가까운 마을로 산책을 나갔다고 합니다. 그런데 80대의 한 할머니가 머리에 배추를 이고 가더랍니다. 그 할머니는 윗마을로 가기 위해 비탈길을 가고 있는 중이었습니다. 그래서 스님이 물었다고 합니다.

「할머니 보살님, 배추를 이고 어디로 가십니까」

「스님, 윗마을에는 나보다 몇 살 아래인 동생이 살고 있다오」

「아, 동생한테 배추를 갖다주려고 가시는 길이구먼요」

「그렇다오. 동생은 올해 무만 심었거든. 점심 때 배추쌈을 하는데 동생이 생각나 배추가 목에 넘어가야지」

이 부분에서 관해스님은 찔끔 아팠다고 합니다. 이런 이야기는 『삼국유사』에나 나오는 줄 알았는데, 지금도 무지렁이 시골 할머니한테 남아 있으니 놀랄 수밖에 없었겠지요.

스님.

불성(佛性), 혹은 자성이 무엇입니까.

동생 생각이 나서 배추를 넘기지 못했다는 바로 그 무지렁이 노파의 마음이 아니겠습니까. 그래서 스님께서는 〈많이 알수록 자성이 어두워진다〉고 말씀하셨습니까. 저는 몇 년 전까지도 스님의 그 알쏭달쏭한 말씀을 이해할 수 없었지요. 〈아는 것이 힘이다〉라는 낯익은 금언도 있지 않습니까. 많이 알수록 자성을 더 빨리 볼 수 있을 텐데 왜 스님께서 그런 역설을 말씀하셨는지 이해할 수 없었답니다.

그런데 곰곰이 생각해 보니 이제는 알 듯도 싶습니다. 우리 주위에는 불경을 달달 외는 스님이나 학자들이 얼마나 많습니까. 우리 주위에는 세상의 고민을 다 해결해 줄 것처럼 목청 높이는 말 잘하는 법사들이 얼마나 많습니까. 그런데도 세상의 공기는 아직 맑아지지 못하고 있습니다. 그런데도 세상에는 스님이 계실 때나 지금이나 자성으로 보살행을 실천하는 분들이 적습니다.

저부터 참회하고 다시 〈지심귀명례〉를 실천하겠습니다.

일타스님이 자신의 손을 기름불에 태운 후 은거한 태백산 도솔암

길 없는 길 끝에서 만나는 암자

| 태백산 도솔암 |

낙동강 상류를 거슬러가다 보면 마침내 경북 봉화군 소천면에 이른다. 소천면에서도 태백산 자락을 바라보며 물이 줄어드는 줄기를 따라 봉화 학생야영장을 지나 홍점골에 이르면 고선 1리라는, 농가 몇 채의 작은 마을이 나온다. 지도에 나타나는 공식적인 길은 고선 1리가 끝이다.

그러니 도솔암 가는 산길은 산골 사람들의 머릿속에만 그려진 길인 셈이다. 산사람들에게는 나름대로 삶의 지혜가 있다. 산길이 없으면 골을 따라 정상을 오르내리면 되는 것이다. 도솔암도 낙동강의 발원이 되는 골짜기 물줄기들 중에서 하나를 따라가면 된단다. 그러나 안내자 없이 도솔암을 오르는 것은 무모한 일이 아닐 수 없다. 글자 그대로 〈길 없는 길〉이기 때문이다.

마을 사람들은 홍제사를 기점으로 해서 왼편 산자락 위에 도솔암이 있다고 말할 뿐이다. 아, 저 태백산 깊은 산속에 숨은 암자를 어떻게 찾아간단 말인가. 해발 1천1백 미터쯤에 암자가 있다니 마치 서울에서 약도 없이 김 아무개를 찾는 일과 마찬가지이다.

이때 나그네는 〈암자를 좋아하는 사람들〉이란 모임의 회원 덕을 톡톡히 본다. 마침 봉화에서 농사를 짓고 있는 김석윤 회원이 사전 답사하여 산길을 눈에 익혀두고 있음이다. 그도 가끔 길을 잃고 두리번거리지만 그래도 안심이다.

계곡을 십수 번 갈지자형으로 왔다갔다하면서 이끼 낀 바위들을 밟으며 오르자니 땀이 비오듯 쏟아진다. 여기서는 산행길의 낭만이고 명상이고 간에 다 귀찮아진다. 나라고 하는 몸뚱아리마저 벗어버리고 싶고, 나라고 하는 의식마저도 놓아버리고 싶다. 어서 빨리 올라가 암자에서 드러눕고 싶을 뿐이다.

원효스님이 처음으로 터를 잡은 도솔암은 20여 년 전 일타스님이 6년간 수행하였던 곳인데, 노승이 되어 거동이 불편해진 지금도 일타스님(현재는 입적하시었음)은 단 며칠간이나마 도솔암에서 머물고 싶어하신다는 전언이다.

그만큼 도솔암이 수행처로서는 그만이라는 이야기가 아닐까. 나그네도 기진맥진하여 암자에 다다르니 순간 극락이 따로 없다. 3칸의 조그만 암자를 보니 거죽이란 육신을 벗어버린 본래의 마음이 거

장작이 가지런히 쌓인 도솔암 재래식 부엌

대신 암자의 살림살이를 보면서 무언의 대화를 나눈다.
대화를 나누기에는 부엌이 제일 좋다. 스님의 손길이 직
접 느껴지는 곳이기 때문이다. 장작이 가지런히 쌓여 있
고, 재를 담는 고무통이 정갈하고, 빗자루가 반듯하게
세워져 있고, 무엇보다 무쇠 솥단지가 반짝거리는 것을
보니 스님의 깐깐한 성품이 먼저 짐작된다.

————「길 없는 길 끝에서 만나는 암자」 중에서

기에 형상화되어 있는 것 같다.

그렇다. 불성(佛性)이란 참 마음이 거기에 놓여 있다. 육신은 이미 계곡을 올라오면서 자신도 모르게 벗어버린 느낌이다. 나그네는 자신과 암자가 합일되는 기쁨으로 잠시 황홀하기만 하다. 어디 암자뿐이랴. 흰 구름이 졸고 있는 푸른 하늘도 나그네의 마음과 뭔가 연결되어 있는 기분이다.

그러나 암자 뒤편에 있는 나무 물통에서 찬물 한모금 마시고서는 그런 도취에서 깨어난다. 지친 육신이 헉헉거리고 있음이다. 그래서 나그네는 소설가 이우상 회원에게 등물을 부탁하기도 한다. 몸을 식히고서야 나그네는 암자의 앞뜰과 뒤뜰, 속뜰을 살펴본다. 암주스님은 출타하고 없다. 나그네가 펴낸 책들을 본 스님이라고 해서 기대했는데 조금은 섭섭하다.

대신 암자의 살림살이를 보면서 무언의 대화를 나눈다. 대화를 나누기에는 부엌이 제일 좋다. 스님의 손길이 직접 느껴지는 곳이기 때문이다. 장작이 가지런히 쌓여 있고, 재를 담는 고무통이 정갈하고, 빗자루가 반듯하게 세워져 있고, 무엇보다 무쇠 솥단지가 반짝거리는 것을 보니 스님의 깐깐한 성품이 먼저 짐작된다.

암자 앞은 바로 급경사의 산자락이다. 그 비탈에 자라난 산복숭아나무가 날짐승들에게 헌식(獻食)을 하고 있다. 아직 덜 익은 열매지만 배고픈 산새들이 날아와서 콕콕 쪼고 있다. 사람들이 떫다고 외면한 산복숭아지만 산새들에게는 일용할 양식이다. 그러니 산복숭아는 베푸는 삶을 살고 있는 셈이다. 때문에 이 세상에 섞이어 살 가치가 있는 것이다. 나그네도 묻는다. 이 세상을 살아가는 이유는 무엇인가.

도솔암 가는 길: 홍점골에서 홍제사를 기점 삼아 1시간 20분 정도 오르면 암자에 다다른다. 그러나 산길이 희미하기 때문에 안내자 없이 산행하는 것은 위험하다. 마을 사람에게 동행을 부탁하거나 자세한 설명을 듣고 올라야 한다. 굳이 오르지 않더라도 상상만으로 〈마음의 암자〉로 남겨두는 것이 더 좋을 듯싶다.

나무다리가 썩는 줄 몰라야 참 수행중이다

암자에 다다라 스님을 부르자, 나뭇가지로 얼기설기 만
든 문을 열어준다. 노스님이지만 얼굴이 곱고 단아하다.
마루에 앉자마자 일행이 내놓는 국수 등의 시물(施物)에
스님이 합장하면서 고마워하신다.
「저는 줄 게 없어요. 이곳 태백산 기운이나 받아가세요.
물가에 가면 옷이 젖듯이 이런 곳에 있으면 저절로 기운
이 붙지요」

———「썩은 것이 어찌 나무다리뿐일까」 중에서

썩은 것이 어찌 나무다리뿐일까

| 태백산 백련암 |

산목련이 지고 있다. 꽃잎이 떨어져 계곡물에 흐르고 있는 것이다. 산목련꽃을 우리말로 함박꽃이라고 한다던가. 꽃이 핀 모습이 마치 함박웃음 같다. 연꽃 중에서 가장 격이 높다는 백련을 닮기도 하고.

백련암 가는 길 입구인 계곡가에 바로 산목련이 피고지고 있다. 백련암 가는 길도 도솔암 때와 마찬가지로 골을 타고 오르는데, 비교적 힘이 덜 드는 길이란다. 암자로 전화선이 가고 있기 때문에 그나마 길을 잃지 않고 오를 수 있다. 동행하는 사람들은 도솔암에 오를 때와 같다. 안내는 고선리의 김승용 씨가 맡았다. 그는 고선리를 드나든 지 20여 년, 집을 짓고 산 지는 올해로 5년째라고 한다.

암자 순례를 처음 하는 〈암자를 좋아하는 사람들〉 모임의 조홍열

회원이 제안하여 암주스님에게 보시할 국수와 과자 몇 봉지를 배낭에 넣고 산길로 들어선다. 산길은 같은 태백산이지만 도솔암에 오를 때와 비교할 수 없을 정도로 쉽다.

전날 도솔암에 빈손으로 오른 것이 미안해서 암자 스님에게 보시할 음식을 가지고 오르자고 제안했을 것이다. 식량을 지게에 지고 오르내리는 오지의 암자에서는 누구라도 자신의 입이 부담되지 않을 수 없다. 자신의 한 끼로 스님의 먹을 것이 그만큼 줄어들기 때문이다.

백련암도 한때는 철거의 위기를 맞았으나 건너편 도솔암과 함께 암자의 역사성이 인정되어 오늘에 이르고 있다고 한다. 무엇보다 백련암은 2백 리 밖의 일월산, 청량산 등이 한눈에 드는 전망 좋은 명당이란다. 지금 암자에는 비구니 스님이 20년째 산지기처럼 살고 있고.

그 비구니 스님이 바로 지정(智貞)스님이다. 이윽고 암자에 다다라 스님을 부르자, 나뭇가지로 얼기설기 만든 문을 열어준다. 노스님이지만 얼굴이 곱고 단아하다. 마루에 앉자마자 일행이 내놓는 국수 등의 시물(施物)에 스님이 합장하면서 고마워하신다.

「저는 줄 게 없어요. 이곳 태백산 기운이나 받아가세요. 물가에 가면 옷이 젖듯이 이런 곳에 있으면 저절로 기운이 붙지요」

그러나 성격이 예민한 사람이 오래 머물 곳은 못 된다고 한다.

백련암을 지키는 비구니 노스님의 마음처럼 꽃이 샛노랗다

전생에는 남자였던지 꿈에서는 서서 오줌을 눈다는 스님
이지만 헤어지는 길에서는 영락없이 자식을 외지로 떠나
보내는 어머니 모습이다. 점심 공양으로 국수를 먹이지
못하고 보내는 것이 못내 아쉬운 듯 나무문 밖에서 한참
이나 손을 흔들며 〈조심조심〉을 주문하신다.
「나무다리가 썩었으니 조심하세요. 산길이 미끄러우니
조심하세요」

──「썩은 것이 어찌 나무다리뿐일까」 중에서

「처음에 도반 6명이 화두를 들고 들어왔지요. 그러나 모두 견디지 못하고 나갔어요. 진공 상태처럼 조용한 곳이니 성격이 더욱 날카로워질 수밖에요. 모두 6개월 만에 환청이 일어나고 환시를 당하고 해서 산을 내려갔어요. 이후 저만 남았지요. 벌써 20여 년의 세월이 흘렀습니다」

「어려움이 많지 않았습니까」

「계곡에서 미끄러져 팔목이 부러졌어요. 그래서 주걱을 대어 깁스를 대신했지요. 21일 만에 손가락이 움직이더군요. 또 어느 때는 식량이 떨어져 돌배를 먹고 며칠을 보냈어요. 설사가 났지만 〈설사가 이기나 내가 이기나〉 하고 계속 먹자 설사가 멎더군요. 하긴 그것밖에 먹을 게 없었으니까요. 기름기만 빠지면 사람의 위장도 짐승의 위장과 다를 게 없다는 것을 그때 깨달았어요」

「스님, 이제 연세도 드셨고 하니 시중을 드는 시자가 있어야겠습니다」

「아니오. 스스로 움직일 수 있는데 왜 시자를 둡니까. 뭐든지 할 수 있는 내 손이 바로 시자가 아니겠습니까」

암자 마당가로 산짐승들이 수시로 지나다닌다고 한다. 특히 암자 부근이 습한 곳이어서 뱀들이 많다는데, 어떤 때는 신발 속에까지 들어와 있단다. 그래도 스님은 더불어 사는 존재라면서 쫓지 않는다며 어떤 산사람이 뱀을 잡아가려고 해서 막았다고 전해준다. 스님 말처럼 〈지도 살고 나도 살고〉 하는 상생(相生)의 도리가 아닐 수 없다.

전생에는 남자였던지 꿈에서는 서서 오줌을 눈다는 스님이지만 헤어지는 길에서는 영락없이 자식을 외지로 떠나보내는 어머니 모습이다. 점심 공양으로 국수를 먹이지 못하고 보내는 것이 못내 아쉬운 듯 나무문 밖에서 한참이나 손을 흔들며 〈조심조심〉을 주문하신다.

「나무다리가 썩었으니 조심하세요. 산길이 미끄러우니 조심하세요」

썩은 것이 어찌 나무다리뿐일까. 미끄러운 것이 어찌 산길뿐일까. 태백산을 떠나 세상 길로 나아가서도 자신의 발밑을 바로 볼 일이다.

백련암 가는 길: 조승용 처사집 왼편 계곡에서부터 전화선을 따라 1시간 남짓 오르면 암자에 이른다. 산길은 가파른 편이나 오솔길의 정취를 한껏 맛볼 수 있다. 산행 전후로 조승용 씨가 손수 지었다는 1천만원짜리 통나무 3칸 집을 구경하는 것도 의미가 있다. 그는 집을 소유물이 아닌 버리고 갈 대상으로 말한다.

욕심이 씻기는 눈 쌓인 염불암 돌계단

눈길에 저절로 씻기는 헛 욕심

| 삼성산 염불암 |

새 천년도 벌써 한 달이 지나가고 있다. 눈길을 오르다가 가만히 뒤를 돌아 저잣거리를 내려다보니 무언가 속았다는 느낌이다. 방송에서 연일 거국적으로 떠들어대니 〈새 천년〉이란 현란한 언어 마술에 걸려들지 않을 수 없었던 것이다. 나그네도 새 천년에는 이런 작품을 쓰겠다, 새 천년에는 이렇게 살겠다며 결제에 들어간 수행자처럼 한 달 동안 방문을 닫고서는 잠을 자다가도 독립 만세를 외치듯 〈새 천년〉 하고 잠꼬대했음이다.

결론적으로 정신의 무게는 허해지고 육신의 몸무게만 늘어나고 말았다. 완만한 눈길을 오르는데도 자꾸 암자까지의 거리를 표시한 이정표를 찾게 되고 예전과 달리 다리 근육이 더욱 **뻑뻑**하다.

물론 자신과의 약속이 부질없다는 것은 아니다. 새 천년을 단순히

디지털의 숫자로만 인식하지 않고, 정신의 눈금이랄까 분기점으로 삼겠다는 각오가 어찌 허물이라고만 할 수 있겠는가. 그러나 새 천년이란 단어에 짓눌려 삶의 리듬을 잃은 채 한 달 동안이란 시간을 도둑맞은 것은 사실이다. 자신이 헛눈 팔아서 자초한 결과이니 누구를 탓할 것은 없지만.

삼성산은 관악산과 등을 맞대고 있는 동생뻘 되는 산이다. 풍수상 한양의 흰 호랑이(白虎)가 관악산이라면 삼성산은 안양의 아우 호랑이인 셈이다. 호랑이는 기백을 상징하는 바 나그네는 산의 정기를 흠뻑 들이마시며 힘을 낸다.

눈 내리는 날의 암자는 사람들의 발길이 끊어져 있으니 나그네하고는 궁합이 맞다. 집 식구들은 하필이면 눈 내리는 날 위험하게 산을 찾아가느냐고 의아해하지만 나그네는 사람떼(?)가 없는 고적한 암자가 좋다.

대관령 고지에서 눈과 찬바람을 수없이 맞고서야 일품이 된다는 동태를 떠올리며 눈길을 오르는 맛이란 동행하여 보지 않은 사람은 모른다. 서울 근교의 절이 그러하듯 염불암(念佛庵) 가는 산길도 잘 닦여 있어 위험하지 않고, 눈이 내려 쌓이면 승용차들이 오르지 못하므로 호젓한 분위기가 더한 것이다.

삼성산(三聖山)은 원효, 의상, 윤필 등의 세 성인이 수도한 산이라 하여 그렇게 이름 붙였다 하고, 염불암은 936년 고려 태조 왕건

흰 눈 위 나무 그림자에는 그윽한 적막이 배어 있다

법당 뒤로는 청청한 산죽이 묵화처럼 눈꽃을 피우고 있
다. 산죽 사이로 난 계단 끝에는 돌부처님이 철부지 세상
사람들을 굽어보고 있다. 온기를 머금은 미소를 보고 있
자니 언 몸이 스르르 녹는다. 새 천년을 공연히 힘주고
맞이하여 허해졌던 정신에도 활력이 충전되는 느낌이다.
그러고 보니 암자 지붕에 얹힌 눈을 문득 쓸어가는 바람
결이 예사롭지 않다. 나그네의 헛 욕심도 바람결에 씻기
고 있다.

　　　　　　　　　　——「눈길에 저절로 씻기는 헛 욕심」 중에서

이 창건하였다고 전해지고 있다. 후백제를 정벌하기 위해 태조가 남쪽으로 내려가던 중에 삼성산 한켠에서 오색 구름이 영롱히 피어오르는 것을 보고 신하를 보내어 살피게 했는데, 그곳에 능정(能正)이라는 도인이 좌선 삼매에 들어 있었다고 한다. 그 뒤 태조는 능정의 법력을 흠모하여 절을 창건하였고 처음에는 안흥사(安興寺)라고 불렀단다.

법당 뒤로는 청청한 산죽이 목화처럼 눈꽃을 피우고 있다. 산죽 사이로 난 계단 끝에는 돌부처님이 철부지 세상 사람들을 굽어보고 있고. 천연의 바위 속에 있던 미완의 부처를 어느 솜씨 좋은 석공이 점안하여 밖으로 모셔놓았음이다. 인자한 이웃 할아버지 같은 모습의 석불이 나그네를 보고서도 미소짓고 있다.

온기를 머금은 미소를 보고 있자니 언 몸이 스르르 녹는다. 새 천년을 공연히 힘주고 맞이하여 허해졌던 정신에도 활력이 충전되는 느낌이다. 그리고 보니 암자 지붕에 얹힌 눈을 문득 쓸어가는 바람결이 예사롭지 않다. 나그네의 헛 욕심도 바람결에 씻기고 있다.

염불암 가는 길: 안양 유원지 입구에서 물찬냇길을 따라 삼성산 쪽으로 50여 분 오르면 암자에 이르는데, 승용차를 이용하지 말고 눈이나 비오는 날 찾는 것도 맛이 색다르다.

그 스승에 그 제자

새벽 예불에 띄우는 편지

혜가스님

작년 초가을의 일입니다. 저는 어느 방송국의 요청에 의해 당시 해인사 방장스님을 인터뷰하기 위해 퇴설당을 찾은 일이 있습니다. 방장스님과 긴 인터뷰를 마치고 막 나서려는데 〈퇴설당(堆雪堂)〉이란 의미심장한 편액이 저의 눈길을 사로잡았습니다. 저 편액은 혹시 달마스님과 혜가스님의 고사(故事)로부터 연유된 것은 아닐까 하고 그때 저는 잠깐 생각에 잠겼던 것입니다.

그래서 저는 초가을 뙤약볕 아래서 장시간 고생하신 방장스님께 각본에 없는 질문을 하나 더 했지요.

「큰스님, 저〈퇴설〉이란 말은 혜가스님이 달마스님을 찾아가 제자 되기를 간청한 날 밤에 내려 쌓였다는 눈을 상징하는 말 아닙니까」

그러자 방장스님은 이렇게 말씀하셨습니다.

「그렇게도 생각할 수 있겠지요. 그러나 나는 내 식으로 해석하고 있어요. 도인들이 눈처럼 내려 쌓이는 집이라는 뜻으로 말입니다」

그 말씀도 의미가 있다고 생각하며 저는 서둘러 질문을 끝냈습니다. 젊은 저마저 퍼붓는 햇살 때문에 드러난 얼굴과 팔뚝이 화상(火傷)을 입어 따끔거릴 정도였으니 노스님은 얼마나 불편하셨겠습니까.

혜가스님.

저는 해인사 방장스님과의 인터뷰를 계기로 해서 스님을 더욱 떠올리게 되었습니다. 달마스님을 찾아가 제자 되기를 간청하는 스님의 모습이 너무나 순수했기 때문이었습니다. 사람들은 스님이 고행 끝에 달마스님으로부터 심법(心法)을 얻었다는 결과만을 놓고 이야기하는 듯합니다. 그러나 저는 첫 마음이나 그 마음을 이어가는 수행 과정이 결과나 목적보다 더 중요하다고 믿습니다. 선심초심(禪心初心)이라는 말도 있지 않습니까.

스님이 달마스님을 찾아간 날도 눈이 펑펑 내렸다지요. 그런데도 달마스님은 소림굴에서 관벽(觀壁) 참선만 할 뿐 찾아간 스님을 거들떠보지도 않았다지요. 그때 스님께서는 이렇게 다짐하며 중얼거렸을 것이라고 저는 헤아려 봅니다.

〈옛 사람이 도를 구할 때는 뼈를 깨뜨려서 골수를 빼내고, 피를 뽑아서 주린 사람을 구하고, 벼랑에서 떨어진 호랑이에게 자신을

눈은 이미 스님의 무릎에까지 차올라 있었습니다. 바로
그때 스님은 칼을 뽑아 스님의 왼팔을 끊어버렸습니다.
작은 공덕과 작은 지혜와 경솔한 마음과 교만한 마음의
왼팔을 단번에 끊어버렸던 것입니다.
그러나 얼마나 아팠겠습니까. 소림굴의 석풍(石風)이 대
신 아아아아 하고 비명을 질러주었겠지요. 마치 성한 나
무의 생가지가 찢어지는 듯한 고통이 뒤따르지 않았겠습
니까.

──「그 스승에 그 제자」 중에서

먹히었다.〉

그렇습니다. 얼마나 순수하고 간절한 마음입니까. 그러나 달마스님은 스님의 의지를 이렇게 더 시험해 보았을 것입니다.

〈저 늙은 중이 버티다가 물러가겠지.〉

사실 스님은 벌써 마흔이 넘은 나이였습니다. 출가를 해서 온갖 경전을 외고 탁발 수행을 한 지 십수 년이 넘은 당시로서는 중늙은이였던 것입니다. 적당히 타협을 하면 괜찮은 절의 주지 자리 하나쯤 차고 들어앉을 나이였지요.

스님은 눈 내리는 소림굴 마당에서 물러서지 않았습니다. 그렇게 하루가 지나갔습니다. 이제 얼어죽지 않은 것만도 다행일 지경이었습니다. 이미 손과 발과 어깨는 얼음이 박혀 돌덩이처럼 변해가고 있었으니까요.

마침내 사흘째 되던 날 밤이었습니다. 달마스님이 입을 열어 말을 하였지요.

「눈 속에 그토록 오래 서서 그대는 무엇을 구하려 하는가」

「바라옵건대 화상께서 감로의 문을 여시어 중생을 제도해 주옵소서」

그래도 달마스님은 쌀쌀맞은 대답을 할 뿐이었습니다.

「부처님의 위 없는 도(道)는 여러 겁을 부지런히 정진하여 행하기 어려운 일도 기꺼이 행하고, 참기 어려운 일도 기꺼이 참아야 얻을

160

수 있거늘, 어찌 작은 공덕과 작은 지혜와 경솔한 마음과 교만한 마음으로 참법을 바라는가. 헛수고할 뿐이니 물러가시오」

혜가스님.

저 같으면 이 대목에서 돌아서버리고 말았을 것입니다. 이틀 동안이나 눈보라 치는 그 자리에서 꿈쩍을 않고 서 있었는데, 헛수고라며 물러가라니 그래도 견딜 사람이 이 세상에 어디 있겠습니까.

지금 생각해 보면 달마스님은 혜가스님의 마음속에 아직도 남아 있는 경솔한 마음과 교만한 마음을 꿰뚫어 보고 계셨던 것 같습니다. 그래서 참회의 기회를 주고자 벌을 세우듯 소림굴 마당에 사흘 낮, 사흘 밤 동안을 서 있게 한 것이었지요. 그것도 눈보라 치는 날에 말입니다.

눈은 이미 스님의 무릎에까지 차올라 있었습니다. 바로 그때 스님은 칼을 뽑아 스님의 왼팔을 끊어버렸습니다. 작은 공덕과 작은 지혜와 경솔한 마음과 교만한 마음의 왼팔을 단번에 끊어버렸던 것입니다.

그러나 얼마나 아팠겠습니까. 소림굴의 석풍(石風)이 대신 아아아아 하고 비명을 질러주었겠지요. 마치 성한 나무의 생가지가 찢어지는 듯한 고통이 뒤따르지 않았겠습니까. 편지를 쓰고 있는 지금, 저는 흰 눈 위에 떨어지는 스님의 붉은 피가 떠올라 솔직히 등골이 오싹해짐을 느낍니다.

끊어진 왼팔을 달마스님의 발밑에 놓자, 그제야 달마스님이 말했습니다. 참법을 전해줄 만한 법의 그릇이라고 믿어졌기 때문이었습니다.

「부처님도 처음 도를 구하실 때는 구법을 위해 몸을 던지셨다. 네가 내 앞에서 팔을 끊으면서 구하니 내 한마디 하지 않을 수 없다」

마침내 스님은 달마스님의 제자가 되었지요.

이렇게까지 제자 되기를 간청한 예는 아마 동서고금에 없을 것입니다. 공자의 수많은 제자도, 예수의 수많은 제자도 사흘 동안의 눈보라 속에서 꿈쩍을 않다가 자신의 팔을 끊으며 제자 되기를 간청했다는 얘기를 저는 들어보지 못했습니다.

혜가스님.

저는 두 분의 일화를 떠올릴 때마다 가슴이 뭉클합니다. 이제 이런 절대순수를 만나기 어려운 시대에 살고 있기 때문입니다. 부끄럽게도 이 시대는 제자가 스승을 욕되게 하고, 스승이 제자를 고발하는 시대입니다. 많이 배웠다는 지성인의 사회나 심지어 자비를 실천하는 도량에까지 그런 독(毒)이 쇠의 녹처럼 퍼져가고 있는 현실입니다.

스님, 사흘 동안 눈보라 속에서 서 있게 하여 참회의 기회를 준 달마스님도 위대하고, 사흘 동안 버티어 마침내는 제자가 된 스님도 참으로 훌륭하십니다. 스님, 그 스승에 그 제자이십니다.

분별도 시비도
훌훌 놓아버리고

지혜의 상징인 문수보살이 머무는 중사자암

작은 꽃에도 뛰는 가슴이고 싶소

| 속리산 중사자암 |

속리산의 암자들은 모두 법주사 팔상전으로부터 시작한다. 팔상전은 오층 목탑 형식의 가람이다. 이 목탑은 돛대 형상으로 절은 배에 해당한다. 그래서 이런 절에서는 샘을 파지 않는다고 한다. 배에 구멍을 내면 항해하지 못하고 침몰하고 말기 때문이다.

그런데 이 팔상전 지붕의 선이 나그네의 눈길을 잡는다. 목탑 오층의 지붕 선이 뒤에 있는 산자락과 일치하고 있는 것이다. 선인들의 자연에 대한 예의가 느껴진다. 이에 비교하여 소위 현대에 사는 오늘 우리들의 거주지를 보라. 얼마나 오만 불손한가. 자연은 안중에 없고 개발이란 미명하에 그저 인간의 욕망만이 흉측하게 드러나 있을 따름이다.

일석이조란 말이 있다. 오늘 가는 곳은 중사자암(中獅子庵)이지만 가는 길에 암자 하나를 더 들러도 좋지 않겠는가. 법주사 뒤편으로 계곡을 따라서 가다가 왼편으로 꺾어 올라가면 암자가 하나 나타난다. 비구니 스님들이 수도하는 탈골암이라는 암자인데, 나그네에게는 두번째 방문이다. 몇 년 전에 들러 취재한 적이 있음이다.

암자에 가면 꼭 스님을 만나 법문을 들어야만 되는 것은 아니다. 나름대로 그 무엇을 만나도 마음은 편안해진다. 탈골암에서도 마찬가지다. 예전에는 보지 못했는데, 이번에는 수줍게 핀 수련이 스님보다 먼저 나그네를 맞아준다. 누구라도 꽃을 보면 닫혔던 마음이 꽃잎처럼 절로 열려진다. 손뼉을 쳐 소리가 나듯 선하고 아름다운 것에 대한 응답이리라. 그러고 보면 사람마다 불성(佛性)이 있다는 부처님 말씀은 틀림없는 진리이다.

중사자암은 등산객들이 즐겨 가는 문장대 아래에 있다. 신라 성덕왕 17년(720년)에 창건된 암자이니 천년 암자인 셈이다. 조선조 세조 이후 고종에 이르기까지 여러 왕들이 이곳에 눈길을 주었던 사실을 보면 그 무슨 사연이 있는 것 같다. 그러나 그런 사연은 흰 구름처럼 온데간데없고, 암자에 하사한 선조의 친필 병풍(법주사 소장)과 글씨를 알아볼 수 없는 사적비와 부도 하나가 전해져 오고 있을 뿐이다.

스님들 사이에서 지혜의 상징인 문수보살이 머무는 문수도량이라고 알려져 있는 것이 그나마 암자의 격을 지켜주고 있다. 그러나 이러한 얘기들은 다 관념적인 수사에 불과하다. 왕들이 땀흘리며 예까지 왔다가 갔다 한들, 문수보살이 늘 머무는 도량이라고 한들 나그네 자신이 무언가를 보지 못하고 감동하지 못하면 아무 소용 없는 법.

나그네는 목이 말라 샘가로 갔다가 독사 한 마리를 보고 발걸음을 멈칫한다. 목마른 사람이 오가는 길목에 똬리를 틀고 있는 저 놈도 스승이라면 스승이려니. 소가 물을 마시면 우유가 되고, 뱀이 물을 마시면 독이 된다고 했던가. 나그네가 마시는 물은 무엇이 될 것인가. 욕심의 때를 씻는 청소용으로만 쓰여도 다행일 터인데 말이다.

에라 모르겠다. 꽃이나 실컷 구경하자꾸나. 암자 뜨락에 핀 노랑 꽃 붉은 꽃이나 눈이 아프게 보고 가자꾸나. 꽃 이름을 모르면 어떠리. 태초에 무슨 이름이 있었더냐. 이름 역시 인간이 만들어낸 관념의 그림자. 아이야, 비 갠 뒤 더욱 고운 꽃구경 하자스랴.

한 스님이 방문을 열고 고개를 내민다. 전망이 좋은 너럭바위 위에서 서성거리는 나그네 일행의 인기척 때문이다. 이때 나그네는 엉뚱한 질문을 한다.

「스님, 내생에도 스님 하실 겁니까」

「아니오. 평범하게 아들 딸 낳고 살 겁니다」

「스님 되고 싶은 생각이 없다는 말씀입니까」

「이런 데서 고독하고 치열하게 수행하다 보면, 그런 말 안 나옵니다. 가짜 중들이 신도들 대접 속에서 편하니까 그런 말들 합니다」

비 갠 뒤 꽃이 가슴 뛰게 하는 중사자암

암자에 가면 꼭 스님을 만나 법문을 들어야 되는 것은 아
니다. 나름대로 그무엇을 만나도 마음은 편안해진다. 예
전에는 보지 못했는데, 수줍게 핀 수련이 스님보다 먼저
나그네를 맞아준다. 누구라도 꽃을 보면 닫혔던 마음이
꽃잎처럼 절로 열린다. 손뼉을 쳐 소리가 나듯 선하고 아
름다운 것에 대한 응답이리라. 그러고 보면 사람마다 불
성이 있다는 부처님 말씀은 틀림없는 진리이다.

―「작은 꽃에도 뛰는 가슴이고 싶소」중에서

그래도 스님들 중에는 산속 암자에서 고행의 길을 걷고 있는 이가 더러 있다. 무엇을 얻으려고 그런 것일까. 이 스님의 경우는 마음이 흐트러지지 않는 경지와 통찰력을 얻고 싶다고 한다. 다른 말로 선정과 지혜를 얻어 영원한 자유인이 되고 싶다는 것이리라. 나그네에게는 힘겨운 경지이다. 나그네는 작은 꽃을 보고서도 연애 감정처럼 가슴 뛰는 삶을 살고 싶을 뿐이다.

중사자암 가는 길: 법주사 매표소에서 문장대 가는 산길로 1시간 50분 정도 오르면 암자에 이른다. 복천암에서는 40여 분 걸리고, 문장대 못 미쳐서 왼편에 암자로 가는 길이 나 있다.

한반도의 모든 바람이 들렀다 가는 상고암

　왜 암자 이름에 창고를 뜻하는 고(庫)자를 썼느냐고 묻
자 성중스님의 얘기는 이렇다.
「법주사 법당을 지을 때 속리산 천황봉 소나무를 베어다
저장해 두었던 곳이어서 상고암이라고 했지요. 특히 이곳
의 홍송(紅松)은 그 향기가 대단하여 목침으로 애용했습
니다」
해발 930미터의 지점이라 만리풍이 부는 곳이니 모기도
없고, 눈은 대관령에 내리는 날 이곳에도 온다. 만리풍
이란 한반도 전역 멀리에서 불어오는 바람이라 하여 스님
들이 붙인 이름.
　　　　　──「청설모가 잣 따는 스님에게 항의하네」 중에서

청설모가 잣 따는 스님에게 항의하네

| 속리산 상고암 |

속리산 산길도 태풍이 지나간 상처가 선명하다. 나뭇가지가 부러져 있고 산길이 무너져 있다. 계곡물은 언제 또 넘쳐흐를지 모른다. 지금 호남과 경기 지방은 폭우가 쏟아져 내린다는 속보가 계속되고 있다. 나그네는 하늘의 도움을 받아 마음 가볍게 산길을 오르고 있다. 다행히도 속리산 지역만 빼놓고 남한 전부가 호우주의보권에 있는 것이다.

그러나 마음과 달리 발걸음은 가볍지 않다. 나그네는 치아 치료 때문에 벌써 일 주일 간이나 죽을 먹고 있는 상태이므로 해발 6백 미터를 넘어서자 탈진이 되고 만다. 마음은 미리 암자에 가 있는데 두 발이 천근만근 무겁다.

그렇다고 예서 멈출 수는 없다. 몸도 옷도 모자 같은 것까지도 무겁고 귀찮아서 내팽개치고 싶은 극한 상황이지만 차라리 마음 편한 점도 있다. 저잣거리에서 가져온 묵은 감정 같은 것이 어느새 세탁되고 없는 것이다. 그래서 이곳을 일찍이 속리(俗離)라 했던가. 속과 하나 둘씩 이별하고 있음이다.

끝없이 이어지는 돌계단과 오르막 산길, 이곳의 암자 가는 길은 극기 훈련 코스다. 복천암에서 신미, 학조대사의 부도탑을 비껴 지나온 능선길이 얼마나 아름답고 정취 있는 양반길인지 새삼 그립다. 아름다운 산길을 꼽자면 그 길도 빠지지 않으리라.

상고암(上庫庵)도 문장대 아래의 중사자암처럼 신라 성덕왕 17년(720년)에 창건되었다고 전해진다. 왜 암자 이름에 창고를 뜻하는 고(庫)자를 썼느냐고 묻자 성중(性重)스님의 얘기는 이렇다.

「법주사 법당을 지을 때 속리산 천황봉 소나무를 베어다 저장해 두었던 곳이어서 상고암이라고 했지요. 특히 이곳의 홍송(紅松)은 그 향기가 대단하여 목침으로 애용했습니다」

해발 930미터의 지점이라 만리풍이 부는 곳이니 모기도 없고, 눈은 대관령에 내리는 날 이곳에도 온다. 만리풍이란 한반도 전역 멀리에서 불어오는 바람이라 하여 스님들이 붙인 이름.

산신각 왼쪽으로 오르니 전망대가 나온다. 과연 상고암이 속리산 암자들 중에서 가장 높은 곳에 자리해 있다는 말이 실감난다. 왼편부터 문장대, 임경업 장군이 무술을 연마했다는 경업대, 입석대, 비

시골 할아버지처럼 수수하게 생긴 상고암 마애불

지금이 바로 잣을 따는 시기라고 한다. 이 시기를 놓치면
청설모가 입으로 발로 다 따가버린단다. 그러나 산 주인
이 누구일 것인가. 청설모도 아니고 스님도 아니다. 그러
니 먼저 따는 자가 임자다. 스님이 잣을 먼저 따는 날에
는 청설모가 나타나 나무 위에서 항의를 한다는데 그 방
법이 재미있다. 화가 난 청설모가 잣을 따 떨어뜨린다는
것이다.

　　　──「청설모가 잣 따는 스님에게 항의하네」중에서

로봉, 천황봉이 한눈에 들어온다.

전망대에서 내려오는 길에 성중스님이 약초를 따서 하나하나 설명해준다.

「해발 6백 미터 고지 이상에서만 자생하는 고분초, 산삼 다음 간다는 만삼, 야생 당귀잎, 천궁, 백초, 쓴맛이 나는 신선초가 이곳에서 자랍니다. 자, 제가 방금 뜯은 이 다섯 가지의 약초를 먹고 나면 기운이 솟아 하산하는 데 5분도 걸리지 않을 겁니다. 하하하」

돌샘에서 나는 샘물을 표주박으로 두어 번 마시고 스님이 따주는 약초를 우물거리니 힘이 다시 솟는다. 지금이 바로 잣을 따는 시기라고 한다. 이 시기를 놓치면 청설모가 입으로 발로 다 따가버린단다. 그러나 산 주인이 누구일 것인가. 청설모도 아니고 스님도 아니다. 그러니 먼저 따는 자가 임자다. 스님이 잣을 먼저 따는 날에는 청설모가 나타나 나무 위에서 항의를 한다는데 그 방법이 재미있다. 화가 난 청설모가 잣을 따 떨어뜨린다는 것이다.

이때 청설모는 스님에게 더없이 고마운 존재란다. 잣나무 높은 가지에 있는 잣을 따서 떨어뜨려 주는 봉사를 하니까. 스님 없이 쌀 한 줌, 된장 한줌만 남아 있던 빈 상고암에 올라와 벌써 10여 년째 살고 있다는 귀밑머리가 희끗한 스님. 청설모와 티격태격하는 스님의 모습이 동화의 한 장면처럼 연상된다.

그렇다. 어른이 된 우리들이 과거 속으로 묻어버린 모습들 중에

174

하나이다. 천진난만한 개구쟁이 모습을 잃어버리고 있는 것이다. 천진난만을 잃지 않고 사는 것이야말로 인생의 가장 큰 행복이 아닐까. 이때 말로만 표현하는 도(道)는 어디에도 발붙일 자리가 없다.

상고암 가는 길: 법주사 매표소에서 2시간 이상을 걸어야 암자에 다다른다. 복천암에서만 1시간 이상이 걸리는 가파른 산길이므로 서둘지 말고 쉬엄쉬엄 가는 게 지혜이다. (전화 043-543-3241, 4995)

혜가스님은 프로

새벽 예불에 띄우는 편지

혜가스님.

어제 저는 경기도 여주와 포천을 다녀왔습니다. 두 곳 모두 사람
을 만나러 간 것인데, 그 사람들은 입산(入山)했다가 소위 환속한
분들이었습니다. 이제 한 사람은 도예가로서, 또 한 사람은 그냥 평
범한 생활인으로서 살아가는 사람이었습니다.

스님, 저는 솔직히 그런 분들이 자기가 몸담았던 불가(佛家)에
대해서 이러쿵 저러쿵 얘기하는 것을 별로 좋아하지 않았었습니다.
왜냐하면 스님다운 진짜 스님 즉, 프로가 되겠다고 입산했다가 그
러지 못하고 하산한 아마추어이기 때문이었습니다. 스님, 그라운드
에 있지 않은 선수가 어찌 선수이겠습니까. 공부를 하든 안하든 스
님일 때는 신분상 그 분야의 프로라고 말할 수 있겠지만 중도에 포

176

기한 것은 그의 실력이 어떠하든 낙오자라고 불러야하기 때문이었습니다.

혜가스님.

그런데 저는 두 사람을 만나고 나서 생각을 달리하게 되었습니다.

그 두 사람은 저에게 명상을 하게 해주었습니다. 한 여인과 사랑을 하게 되어 절을 나오게 된 그 도예가는 저에게 자신의 작품 한 점을 선물로 주었는데, 좀 특이한 도예품이었습니다. 사람의 얼굴인데 눈과 귀가 하나밖에 없고 입이 반쪽밖에 없었습니다. 그래서 제가 물었지요.

「이게 무슨 뜻입니까」

「스님 시절 제 노장스님한테 귀에 못이 박히게 들었던 세 가지 말씀을 형상화시켰습니다」

「세 가지를 말씀해 주시죠」

「귀로는 나쁜 말을 듣지 말고, 입으론 나쁜 말을 하지 말라는 말씀이었습니다. 그래서 눈과 귀가 하나밖에 없고, 입이 반쪽밖에 없는 작품을 만들었지요」

그 동안 수백 점을 포교 차원에서 무료로 나누어주었다고 도예가는 말했습니다.

혜가스님.

이 정도면 비록 환속은 했지만 마음속에 청산 하나가 들어 있는 것 아니겠습니까. 비록 자신의 발에는 저잣거리의 진흙이 묻어 있지만, 마음 한자락에는 연꽃 향기가 묻어 있는 것 아니겠습니까.

스님, 그 도예가와 얘기하는 동안 저는 창 밖에 시선을 주곤 했습니다. 이른 봄 씨를 뿌리기 전이라 땅콩밭은 텅 비어 있었는데 까치가 서너 마리 날아와 흙을 헤집으며 지난해 버려진 땅콩을 찾듯 먹이를 구하는 풍경이 인상 깊어서였습니다. 〈나쁜 것은 보지 말라.〉고 한 여운 끝에 보이는, 부리를 부지런히 움직이는 까치들의 울력 모습이 참 사이 좋게 보여서였습니다.

혜가스님.

또 한 사람은 포천에 살고 있었습니다. 그는 아예 산자락에 집을 한 채 지어 거기서 혼자 결제하고, 혼자 해제하는 생활을 하고 있었습니다. 말하자면 자신이 방장이자 유나이자 수좌(참선을 지도하는 스님)로서 세속적으로 표현하자면 혼자 통반장을 다하는 방식이었습니다. 관절염이 도져 그도 역시 환속은 했지만 일주문 안에서 사는 것과 다를 바 없었지요. 물론 생활에 여유가 있어 일정한 직업 없이도 산자락에 집을 지어 다실과 선실을 만들어 살고 있었지만 한 철씩 가족과 떨어져 묵언 정진과 참선을 한다는 것은 어려운 일 아니겠습니까.

그는 자식이 다니는 초등학교에서 보내온 가정환경 조사서의 직업란에 달리 직업도 없고 해서 〈참선〉이라고 썼다고 합니다. 나중에

달마스님이 제자들을 모아놓고 시험해 보았습니다.
「때가 되었다. 나에게서 얻은 바를 말해 보아라」
맨 먼저 도부 비구니가 대답하였습니다.
「문자에 집착하지 않으면서도 문자를 여의지 않는 경지
를 얻은 것 같습니다」
그러자 달마스님은 말했습니다.
「그대는 나의 가죽을 얻었다」
도육 비구니가 말했습니다.
「사대가 본래 공하고 오온이 있지 않으니 한 법도 얻은
것이 없을 것입니다」
「그래 너는 나의 뼈를 얻었다」
이제는 혜가스님이 대답할 차례였습니다. 그런데 스님은
아무 말씀도 하지 않고 자리에서 일어나 절을 하고 다시
자리에 서 있으니 달마스님이 말했습니다.
「너는 나의 골수를 얻었다」

——「혜가스님은 프로」 중에서

아이의 담임 선생을 만났는데 의아해하더랍니다. 그러나 그는 지금도 자신의 일과중에서 참선하는 시간이 많으므로 그게 곧 직업이라는 생각이 든다고 했습니다. 스님, 그의 사는 모습 역시 해(害)가 되지 않는 좋은 풍경이었습니다.

혜가스님.

저는 스님을 생각할 때마다 두 가지의 일화가 먼저 떠오릅니다. 그 하나는 지난번 편지에 쓴 스님의 〈왼팔을 자른 이야기〉였고, 또 하나는 달마스님한테서 〈골수를 얻은 이야기〉입니다.

달마스님이 소림굴에서 9년 면벽을 하고 난 후의 일이었지요. 여러 제자들을 모아놓고 이렇게 시험해 보았던 것입니다.

「때가 되었다. 그대들이 나에게서 얻은 바를 말해 보아라」

때가 되었다는 것은 달마스님의 고국인 인도로 떠날 날이 되었다는 말이었지요. 당시는 인도를 천축(天竺)으로 부르던 때였습니다. 신라승 혜초스님이 인도에 갔을 때도 그렇게 불렀다지요.

아무튼 달마스님의 질문에 맨 먼저 대답한 이는 도부(道副) 비구였습니다.

「문자에 집착하지 않으면서도 문자를 여의지 않는 경지[道]를 얻은 것 같습니다」

그러자 달마스님은 말했지요.

「그대는 나의 가죽을 얻었다」

이때 스님은 달마스님의 말뜻을 모를 리가 없었겠지요. 가죽이란 눈에 보이는 부분, 즉 불법의 겉만 보았다는 의미였지요.

다시 총지(總持) 비구니가 말했습니다. 그러나 이번에도 총지 비구니의 답변이 신통찮았던지 달마스님의 대답은 이러했습니다.

「너는 나의 살을 얻었다」

그러자 다소곳이 고개를 숙이고 있던 도육(道育) 비구가 말했지요.

「사대(四大)가 본래 공하고 오온(五蘊)이 있지 않으니 한 법도 얻은 것이 없을 것입니다」

비로소 도육 비구가 공(空)의 도리를 얘기하자 달마스님은 조금 만족하여 말했습니다.

「그래, 너는 나의 뼈를 얻었다」

이제는 혜가스님이 대답할 차례였습니다. 그런데 스님은 아무 말씀도 하지 않고 자리에서 일어나 절을 하고 다시 자리에 서 있으니 달마스님이 말했습니다.

「너는 나의 골수를 얻었다」

마치 부처님이 연꽃을 들어 제자들에게 그 뜻을 물었을 때 가섭이 아무 말도 하지 않고 미소로서 답변한 것과 같은 이심전심(以心傳心)이었지요.

스님, 저는 솔직히 스님께서 깨친 경지를 알지 못합니다. 출가를 해서 수행도 해보지 않고서 알량한 분별심으로 무얼 얼마나 알겠습니까. 애시당초 도(道)의 깊이를 헤아린다는 것은 불가능한 일 아니 겠습니까. 다만 달마스님의 〈너는 나의 골수를 얻었다〉하는 말씀에 주목하고자 합니다.

얼마나 통쾌한 표현입니까. 피나는 정진 끝에 가죽도 아니고 살도 아니고 뼈도 아닌 생명의 즙(汁)인 골수를 얻었으니 말입니다. 승속 을 떠나 무엇을 하든 〈골수〉를 얻어야만 진짜 무엇을 성취했다고 말 할 수 있지 않겠습니까.

혜가스님.

오늘 우리 불자들은 인사할 때 〈성불하십시오〉 하고 말합니다. 우 리가 불경을 읽거나 절에 가 참배를 하거나 용맹정진을 하거나 간에 그 궁극이 성불이기 때문입니다. 앞에서 소개한 도예가나 참선이 직 업인 사람이나 이 편지를 쓰고 있는 저나, 도예를 하든 참선을 하든 소설을 쓰든 무엇을 하건 간에 삶의 목적은 성불 즉 〈눈을 뜬 사람〉 이 되는 것 아니겠습니까.

그런데 스님, 오늘 이 순간 저는 무엇을 얻고자 사는지 모르겠습 니다. 불법의 가죽을 얻으려는지, 살을 얻으려는지, 뼈를 얻으려는 지, 아니면 불법이 아닌 비법(非法)을 불법으로 받아들이고 있는지. 남의 삶을 흉내내고 있는 것은 아닌지 모르겠습니다.

스님, 불법의 골수를 얻으신 스님이야말로 진짜 프로이십니다. 정말 통쾌한 분이십니다.

하심이 자비를 싹트게 한다

새벽 예불에 띄우는 편지

혜가스님.

어제 저는 여말의 선승 무학스님의 생가 터 부근의 조그만 암자에서 한 스님을 만나고 왔습니다. 올라오는 날이 마침 상춘객(賞春客)들로 붐비는 일요일이어서 합천에서 서울까지 승용차로 무려 9시간이나 걸렸지만 제 마음은 부자가 된 느낌이었습니다. 그 전날 그 스님과 오후 세시부터 긴 얘기를 나누었지만 조금도 피곤하지 않더군요.

아마도 밤 열한시가 지나서 그 스님과 헤어졌던 것으로 기억됩니다. 저는 조금도 졸리지 않았지만 스님이 자꾸 졸린 듯한 눈치를 보여 더 이상 얘기할 수 없었기 때문이었지요.

제가 그 스님을 만난 것은 그 분의 은사스님 얘기를 듣고 싶어서였습니다. 그런데 이렇게 또 저렇게 유도해보았지만 별 소득은 없었지요. 무슨 얘기를 하거나 그 스님은 꼭 자기를 낮추고 자신의 은사스님을 하늘처럼 떠받드는 것이었습니다. 저는 짓궂게 은사스님이란 분의 실수담이나 허물 등을 캐내고자 작가로서 호기심을 십분 발휘하여 캐들어가고 있었지만 도무지 통하지 않는 것이었습니다.

「스님, 저는 노장님의 인간적인 면모를 알고 싶습니다. 그러니 사실대로 말씀해 주십시오. 인간적인 약점이 있지는 않았겠습니까」

「우리 노장님은 도인이었습니다. 말씀 한마디 행동 하나하나가 다 법관이었습니다. 이미 수행이 끝나버린 도인이었으니 저는 아무런 허물도 발견할 수 없었습니다. 졸음을 쫓느라고 수마(睡魔)와 싸우는 모습을 한번도 보지 못했으며, 아무리 맛있는 음식이 나와도 우리 노장님을 유혹하지는 못했습니다」

누가 뭐래도 그 스님에게 그 은사스님은 하늘같은 부처일 뿐이었습니다. 은사스님에게 있을 법한 그 어떤 허물도 그 스님에게는 이미 허물이 아니기 때문입니다. 하긴 불가에 전해지는 말 가운데 〈허물을 보지 못하는 사람에게 허물을 얘기하는 것은 도리가 아니다〉라는 것이 있습니다만.

혜가스님.

그렇습니다. 그 스님은 은사스님에게서 한 점의 허물도 보지 못하고 있는데, 자꾸 허물을 꺼내려고 하는 제가 어리석었는지도 모르

하심이란 단순히 겸손한 언행만을 의미하지는 않는 것 같
습니다. 하심이란 법(法)을 하늘처럼 받들고 자신을 땅처
럼 낮추며, 그리하여 저절로 자비를 싹트게 하는 마음이
아닐까요.

　　　　　　　──「하심이 자비를 싹트게 한다」 중에서

겠습니다. 불가의 하심(下心)이란 바로 그 스님의 태도를 두고 하는 말이 아닐까요.

그래서 저는 저 스님의 하심이 어디에서 연유한 것일까 하고 잠시 생각에 잠겨 보기도 했습니다. 혹시 그 분의 은사스님께서 하신 그 무슨 법문이나, 불경의 한 구절에 감명받아 그런 것은 아닌지 물어 보았습니다.

「은사스님께 들었던 법문 중에 잊혀지지 않는 구절이 있습니까? 아니면 경전 중에 좋아하는 구절이라도 있는지요」

「저는 사서삼경을 외워 바쳤을 뿐 별로 공부한 게 없습니다. 밥 짓고, 반찬 만들고, 나무 하고, 밭 가는 일밖에 하는 일이 없었습니다」

우직한 성정(性情)으로 보아 꾀를 부릴 줄 모르므로 다른 행자보다 분명 더 고생했을 것 같은 스님이었습니다. 그래서 그렇게 보인 것일까요. 참으로 안된 표현이긴 합니다만 키는 자라다 만 것 같았고, 만성 영양 실조에 걸린 것처럼 몸이 말라 입고 있는 장복도 헐 렁거릴 정도였습니다. 사십대인 저와 나이가 비슷한 것 같은 그 분의 얼굴은 이미 오십대의 얼굴로 보이는 것이었습니다.

혜가스님.

15세의 어린 나이로 은사스님을 만났다고 하니 행자 시절의 일상사가 얼마나 힘들었겠습니까. 한번은 키질을 하다가 이런 일도 있었

186

추운 겨울날 저녁 공양을 준비하느라 키질을 하다가 실수로 쌀 한줌을 눈 위에 흘리고 말았다고 합니다. 누가 볼까 얼른 눈으로 덮고 있는데, 그걸 본 은사스님이 눈을 다시 치우고 나서 흩어진 쌀알을 보더니 그냥 가시더랍니다. 보름이 지난 뒤에야 이렇게 말하면서 두 번이나 바리때 공양에 들어오지 못하게 하였다고 그럽니다. 「쌀을 흘리는 것은 있을 수 있는 일이지. 그러나 그것을 숨기는 짓은 용서할 수 없다」

——「하심이 자비를 싹트게 한다」 중에서

다고 합니다.

　추운 겨울이었으니 계곡의 바람은 또 얼마나 차가웠겠습니까. 눈이 오고 있는 날 저녁에 공양 준비를 하느라고 키질을 하고 있었더랍니다. 그런데 실수를 하여 쌀을 한 줌 눈 위에 흘리고는 누가 볼까 봐 얼른 눈으로 덮고 있는데, 은사스님이 그걸 발견하고는 그냥 지나가지 않더랍니다.

　눈을 다시 치우고 나서 흩어진 쌀알을 보더니 지나가더랍니다. 보름이 지난 뒤에서야 이렇게 말하면서 두 번이나 바리때 공양에 들어오지 못하게 하였다고 그럽니다.

　「쌀을 흘리는 것은 있을 수 있는 일이지. 그러나 그것을 숨기는 짓은 용서할 수 없다」

　보름이 지날 때까지 아무 말이 없었던 것은 어린 행자에게 무엇이 잘못되었는지를 깨닫게 해주기 위해서였을 테지요.

　나무를 하다가 힘에 겨워 무거운 나무더미에 상처가 난 적도 한두 번이 아니었답니다. 지금도 그 스님의 눈가에는 흉터가 있는데 그분은 대수롭지 않게 여기는 듯하였습니다.

　혜가스님.

　은사스님을 하늘처럼 떠받들고, 자신을 땅처럼 낮추었던 스님이었던 것 같습니다. 그리고 자신의 피를 빨아먹는 이들에게는 자비를 베풀었고요. 겨울철이 되면 누더기에 이가 들끓게 마련인데, 그 스님은 이를 잡지 못하고 누더기를 벗어 이가 스스로 도망가도록 추운 겨울인데도 옷을 벗고서 기다렸다는 것입니다.

혜가스님.

저는 스님께서 달마스님을 어떻게 모셨으며, 당신 자신을 또 어떻게 낮추며 수행하셨는지 잘 알고 있습니다. 그리고 또 얼마나 자비로운 분이었는지도 잘 알고 있습니다.

하심이란 단순히 겸손한 언행만을 의미하지는 않는 것 같습니다. 하심이란 법(法)을 하늘처럼 받들고 자신을 땅처럼 낮추며, 그리하여 저절로 자비를 싹트게 하는 마음이 아닐까요.

스님. 교만한 마음을 경계하고 길들이는 것이 바로 하심이 아니겠습니까. 수행을 하느라고 중생들에게 빚을 지며 살았으니 저잣거리로 나가 그 빚을 갚겠다는 당신의 자비심이야말로 하심의 꽃봉오리이자 열매입니다.

돌부처의 웃음이 천년 동안 한결같은 마애삼존각

힘겨운 이에게 웃음 주는 돌부처

| 가야산 마애삼존각 |

　지금 나그네는 마애삼존불을 만나러 가는 길이다. 백제의 마애불은 현재 단 세 구가 남아 있는데 예산의 사면석불, 태안의 마애삼존불, 서산의 마애삼존불이 그것이다. 바위에 부처를 새기는 마애불 형식의 조각 작품이 인도를 거쳐 중국으로, 다시 우리나라로 들어온 것은 백제를 통해서이다. 그것도 황해를 건너와 무역의 요충지인 태안반도 부근에 먼저 정착하였다고 한다.

　오늘은 서산의 마애삼존불(국보 제 84호)을 보러 가는 길이다. 그 이유는 언젠가 우리 나라의 반가사유상만을 정리 연구한 책에서 우연히 보았는데, 나그네는 그때 서산 마애삼존불 얼굴에 한가득 머금고 있는 미소를 보고 몹시 감동하였던 것으로 기억된다. 이를 일컬어 〈백제의 미소〉라고 하는데 누구라도 수긍할 수 있는 표현이다.

두번째로 서산 마애불을 보고 싶었던 것은 그로부터 몇 년 후이다. 작년 일본을 여행하면서 법륭사에 들러 나그네는 두 구의 불상을 보았는데, 하나는 백제관음이었고, 또 하나는 몽전(夢殿)에 있는 구세관음이었다. 그런데 두 관음은 어딘가 서산 마애불과 흡사하였다. 숙소로 돌아와 다시 생각해 보니 백제관음의 눈웃음이, 구세관음의 보주를 손에 쥔 모습과 같았다. 특히 보주를 손에 쥔 불상은 백제불상에서만 발견된다고 하니 구세관음은 틀림없는 백제 양식이었다. 다만 마애불이 천연의 바위에 새긴 석조인데 비해 백제관음이나 구세관음은 조각하기가 용이한 목조이므로 그 기법이 훨씬 더 정교한 것이 다를 뿐이었다.

가야산. 해미읍성 뒤쪽으로 멀리 펼쳐진 산이 바로 가야산이다. 불교 성지인 인도의 산 이름을 그대로 차용하고 있는데, 우리나라에는 합천과 서산에 두 군데나 있는 셈이다. 봄기운이 완연하지만 나무 이파리들은 아직 신록이다. 구릉 같은 부드러운 산세이다 보니 솔숲 사이로 비치는 붉은 진달래 꽃무더기가 더 어울려 보인다.

중국으로 가서 중국식 마애불을 보고 온 스님들은 태안 바닷가에 내려 가장 먼저 마애불을 모실 바위를 찾았을 것이다. 물론 바위가 있는 곳은 협곡을 낀 산이다. 가야산에서 흘러내려온 물을 따라 상류 쪽으로 거슬러 올라갔으리라.

지금 나그네가 가는 길도 그렇다. 서산의 평지에서 구릉으로, 다

얼굴에 한가득 웃음을 담고 있는 돌부처님들

마애불 발밑에 천원짜리 몇 장과 동전 몇 개가 놓여 있
다. 좀 전의 할머니들이 시주하고 간 것임에 분명하다.
마애불은 할머니들이 얼마나 웃겼는지 너털웃음을 터뜨
리고 있는 모습이다. 우리가 흔히 교과서에서 읽었던 신
비화된 미소가 아니라 포도송이가 주렁주렁 매달리듯 자
비로운 웃음을 눈과 코, 그리고 입에도 한가득 달고 있다.

———「힘겨운 이에게 웃음 주는 돌부처」 중에서

시 협곡을 찾아가고 있다. 물이 가득한 고풍저수지를 지나니 바로 믿어지지 않을 만큼 산세가 수려한 계곡이 하나 나타난다. 마을 사람에게 물어보니 용현계곡이라고 한다.

계곡을 따라 오르다 첫번째 주차장에서 왼편으로 난 다리를 건너자마자 마애삼존각(磨崖三尊閣)으로 가는 돌계단이 보인다. 나그네는 두 번씩이나 와보고 싶었던 터라 단숨에 돌계단을 올라 달마산방 마당으로 들어선다. 달마산방은 서산시에서 운영하는 마애삼존불 관리소인 모양이다. 암자인 줄 알고 찾아왔지만 이곳에는 스님이 없고 서산시 공무원이 파견 나와 관리를 한다.

그러나 스님이 있으면 어떻고 없으면 어떤가. 나그네가 만나고자 하는 분은 1천4백 년 동안이나 〈백제의 미소〉를 짓고 있는 주인공, 마애삼존불을 친견하러 온 것이다. 달마산방을 지나 짧은 산자락을 돌아서니 돌축대 위쪽에 전각이 하나 보인다. 그 전각이 바로 나그네가 물어물어 찾은 마애삼존각이다.

할머니 신도들이 먼저 참배하고 돌계단을 내려서고 있다. 할머니들은 하나같이 흐뭇한 표정을 짓고 있다. 마애불과 무언의 대화를 나눈 것에 흡족해하는 얼굴이다. 부처의 미소는 중생들의 소원을 다 들어주겠다는 약속이기도 하다. 또한 부처님이 오른손을 들어보이는 것(시무외인 施無畏印)은 두려움을 없애주겠다는 표시이고, 왼손의 독특한 손짓(여원인 與願印)은 원하는 소망을 다 들어주겠다는 중생들과의 약속이다.

전각을 들어서니 마애불 발밑에 천원짜리 몇 장과 동전 몇 개가 놓여 있다. 좀 전의 할머니들이 시주하고 간 것임이 분명하다. 마애불은 할머니들이 얼마나 웃겼는지 너털웃음을 터뜨리고 있는 모습이다. 우리가 흔히 교과서에서 읽었던 신비화된 미소가 아니라 포도송이가 주렁주렁 매달리듯 자비로운 웃음을 눈과 코, 그리고 입에도 한가득 달고 있다.

나그네도 어느새 웃고 있다. 마애불의 웃음이 나그네에게도 전염된 것이다. 그리고 보니 건너편 산자락에 핀 진달래꽃도 붉게 웃고 있다. 둘러보니 동행한 일행 모두가 웃고 있다. 서산마애불은 혼자만 웃는 분이 아니라 삶이 힘겨운 사람들에게 웃음을 주는 부처이다.

마애삼존각 가는 길: 해미읍에서 서산시 운산면 고풍저수지 쪽으로 들어가 오른편의 용현계곡을 따라 들어가면 첫 주차장이 나오는데, 거기에서 왼편의 다리를 건너 돌계단을 오르면 바로 마애삼존각에 이른다.

담쟁이 덩쿨이 돌계단 좌우로 무성하여 마음도 푸르게 물든다

고왕암이라는 암자 이름의 슬픈 유래 때문이다. 백제 의
자왕이 나당연합군에 항복한 이후 왕자 융은 계룡산의 이
곳까지 숨어들어와 백제의 부흥을 꿈꾸다가 좌절하였던
곳. 백제가 멸망한 이후 7년 동안이나 이곳 동굴에서 머
물다가 왕자 융도 결국에는 항복하였다고 한다. 그래서
훗날 스님들이 〈왕이 머물렀던 암자〉라 하여 원래의 이름
을 고쳐 불렀다는 이야기다.

———「제 몸에 있는 도둑부터 잡으시게」중에서

제 몸에 있는 도둑부터 잡으시게

| 계룡산 고왕암 |

비가 좀 그치자 산속에서는 우산 없이도 걸을 만하다. 울창한 숲들이 우산이 되어주고 있음이다. 고왕암(古王庵) 가는 길은 신원사 오른편에 있는 계곡을 따라가다가 금룡암 입구에서 이정표를 한번만 주의 깊게 보면 되는 비교적 쉬운 산길이다. 그러나 나그네의 발걸음은 무거워지고 만다.

고왕암이라는 암자 이름의 슬픈 유래 때문이다. 백제 의자왕이 나당연합군에 항복한 이후 왕자 융(隆)은 계룡산의 이곳까지 숨어들어와 백제의 부흥을 꿈꾸다가 좌절하였던 곳. 백제가 멸망한 이후 7년 동안이나 이곳 동굴에서 머물다가 왕자 융도 결국에는 항복하였다고 한다. 그래서 훗날 스님들이 〈왕이 머물렀던 암자〉라 하여 원래의 이름을 고쳐 불렀다는 이야기다. 여기서 흥미로운 것은 옛 고(古)

자가 여기서는 〈머무를 고〉 자라는 사실.

천몇백 년 전의 일이지만 소멸이란 가슴 아픈 것. 그것도 한 왕국의 멸망이므로 안타까움이 더하는 것인지도 모른다. 그러나 오늘의 가벼운 우리들이야 어찌 백제의 슬픈 역사에만 젖어 있을 것인가. 그러한 감상을 계곡 물에 흘려 띄우고, 지금 내리는 빗방울에 씻겨 보내고 만다.

돌계단을 올라서니 암자는 왕자가 머물렀던 집이기보다는 농부가 사는 농가를 연상시킨다. 마당가에는 모과나무가 열매를 주렁주렁 매달고 있고, 어른 손가락 만한 고추들이 익어 가고 있다.

빗발이 다시 굵어지자 마루턱에서 비를 피해본다. 마침 마루에는 찐 고구마가 광주리에 담겨져 있고, 대전에서 왔다는 암자 신도들이 간식을 하고 있다.

이때 한 비구니 스님이 나그네에게 묻는다.

「무슨 일로 오셨습니까」

「암자만 돌아다니는 사람입니다」

그제야 고구마를 권하며 나그네를 알아본다. 그러고 보니 비구니 중견 학승인 일초스님의 상좌 현정(玄頂)스님이다. 이제 나그네도 암자의 가족이 된 느낌이다. 신도들은 고구마를 권하고 스님은 방에서 차를 권한다.

비오는 날, 암자에서 고구마를 먹고 차를 마시니 이 또한 별미다.

의자왕의 아들 융이 백제 부흥을 꿈꾸던 고왕암

천몇백 년 전의 일이지만 소멸이란 가슴 아픈 것. 그것도
한 왕국의 멸망이므로 안타까움이 더하는 것인지도 모른
다. 그러나 오늘의 가벼운 우리들이야 어찌 백제의 슬픈
역사에만 젖어 있을 것인가. 그러한 감상을 계곡 물에 흘
려 띄우고, 지금 내리는 빗방울에 씻겨 보내고 만다.
돌계단을 올라서니 암자는 왕자가 머물렀던 집이기보다
는 농부가 사는 농가를 연상시킨다. 마당가에는 모과나무
가 열매를 주렁주렁 매달고 있고, 어른 손가락 만한 고추
들이 익어 가고 있다.

──「제 몸에 있는 도둑부터 잡으시게」 중에서

조금 과장하자면 극락에 온 느낌이다. 별것 아닌 것일 수도 있지만 결코 별것으로 느껴지기 때문이다. 그래서 암자의 풍경은 포근하고 넉넉해지는 것인가.

점심은 수제비로 하자고 누군가가 제안한다. 그러자 일부는 우르르 호박을 따러 가고 스님은 밀가루 반죽을 시작한다. 그 사이 나그네는 다시 마루를 내려와 요사채 벽에 붙어 있는 현정스님의 글을 읽어본다. 글이 너무 좋아 한 줄도 빼지 않고 그대로 옮겨 본다.

세상에는 이런 도둑이 많기도 하다네. 그중 제일 고약한 도둑이 있으니 바로 자기 몸안에 있는 여섯 가지 도둑일세.

첫째는 눈도둑, 집이나 재물 보이는 족족 뭐든지 갖으려 성화를 하지.

둘째는 귀도둑, 그저 듣기 좋은 소리만 들으려 한다네.

셋째는 콧구멍도둑, 좋은 냄새는 자기가 맡고 나쁜 냄새는 남에게 맡게 한다네.

넷째는 혓바닥도둑, 온갖 거짓말에다 맛난 것만 먹으려 한다네.

다섯째는 요놈의 몸뚱이도둑, 훔치고 죽이고 못된 짓을 골라 하니 도둑 중에 제일 큰 도둑이구나.

마지막 도둑은 비로생각도둑, 제 마음대로 이 놈은 싫다, 저 놈은 없애야 한다, 저 혼자 화를 내고 이를 갈며 난리를 치지.

그대들 가운데 이 여섯 가지 도둑이 없는 사람이 있거든 어디 한번 나서보시게. 복 받기 바라거든 우선 제 몸에 있는 여섯 도둑부터 잡으시게.

불경의 하나인 〈아함경〉에 이와 비슷한 부처님 말씀이 많이 나오긴 하지만 그래도 이만큼 알기 쉽게 정리해낸 현정스님이 미덥다. 이 구절 말고 더 무슨 말이 필요할까. 그래서 나그네는 입을 다문다. 들깨죽에 섞인 수제비를 먹으며 스님과 신도들이 하하 호호 웃는 소리에 즐거이 귀를 맡길 뿐이다.

고왕암 가는 길: 신원사 오른편의 계곡을 따라 소림원을 지나고, 금룡암 입구에서 다시 4백 미터쯤 산길을 오르면 암자에 이른다. (전화 041-852-4589)

명성황후가 재건립한 궁궐의 축소판 같은 중악단

중악단(中嶽壇)은 신원사 오른편에 절의 특별 구역처럼
차지하고 있다. 우리 나라의 산신기도 도량 중에서 가장
규모가 큰 곳으로 가람 배치의 외형이 궁궐의 축소판이라
고 얘기되지만 나그네가 보기에는 대갓집 같은 분위기다.
대문부터가 솟을대문 형식이다. 대문 안쪽에 행랑채 같은
승방이 좌우로 대칭되게 있고, 또 하나의 큰 문을 더 넘
어서면 잔디 마당 끝에 법당 형식의 중악단이 자리하고
있는 것이다.

———「스님의 공양을 받는 계룡산 산신」 중에서

스님의 공양을 받는 계룡산 산신

| 계룡산 중악단 |

비가 원왕생 원왕생 내리고 있다. 스님의 독경 소리처럼 떠도는 산중 혼들의 극락왕생을 빌 듯 내리고 있는 것이다. 비오는 날의 절은 작을수록 좋다. 거기에다 돌계단이나 탑 등이 고색창연하다면 더욱 마음에 와 닿는 풍경이 된다.

신원사(新元寺)가 바로 그러한 곳으로 계룡산 남쪽에 숨어 있다. 서울을 내려갈 때만 해도 일행은 갑사(甲寺)를 가려 하였다. 그런데 차창으로 내리는 비가 생각을 바꾸게 하였다. 비오는 날에는 작고 약간은 헝클어진 듯한 분위기의 절이 제격이다 싶었던 것이다. 더 솔직히 고백하자면 〈돈〉 냄새가 덜 나는 곳으로 가고 싶었던 것이다.

중악단(中嶽壇)은 신원사 오른편에 절의 특별 구역처럼 차지하고 있다. 우리 나라의 산신기도 도량 중에서 가장 규모가 큰 곳으로 가람 배치의 외형이 궁궐의 축소판이라고 얘기되지만 나그네가 보기에는 대갓집 같은 분위기다. 대문부터가 솟을대문 형식이다. 대문 안쪽에 행랑채 같은 승방이 좌우로 대칭되게 있고, 또 하나의 큰 문을 더 넘어서면 잔디 마당 끝에 법당 형식의 중악단이 자리하고 있는 것이다.

한 스님이 산신 앞에서 독경을 하고 있다. 계룡산 산신은 상투를 튼 머리 모양에다 수염을 길게 길어 짐짓 위엄을 나타내고 있다. 신원사의 지성(志省)스님 얘기로는 계룡산 산신은 할머니 여신이라는데, 실제의 상(像)과는 차이가 있다.

「산신 생일은 음력으로 3월 16일입니다. 그래서 매월 16일에 산신 기도를 하지요. 요즘에 3월 16일부터 3일간 산신제를 지내는 것도 산신 생일을 근거한 것입니다」

중악단의 이름은 고종 이후에 생겼다고 한다. 원래 계룡산신의 단이라고 해서 계룡단이라고 부르던 것이 고종 때 묘향산, 지리산의 산신각을 각각 상악단, 하악단이라고 하면서 철거되었던 계룡 산신각을 고종 16년(1879년)에 명성황후가 중악단이란 이름으로 다시 건립하였다는 것이다.

예전에는 무당들의 성소가 되어 죽임당한 제물로 넘쳐나 냄새를 풍겼다고 하지만 스님들이 상주하는 지금은 맑은 기운이 잔디처럼 푸르기만 하다. 잔디 마당을 가로지르는 것만으로도 기분이 상큼해

계룡산 산신이 스님의 목탁소리를 듣는 중악단

올봄에야 보물 1293호로 지정되어 보호를 받게 됐다는 중
악단. 늦었지만 그래도 다행이다. 중악단의 산신도(山神
圖)를 보면서 나그네는 여기에서도 산신과 사람과 동물
이 평화를 이루고 있는 화엄의 세계를 만난다. 호랑이와
까치, 그리고 동자들이 산신을 에워싸고 있는 그림이 바
로 그것이다.

——「스님의 공양을 받는 계룡산 산신」 중에서

진다. 결코 무자비(無慈悲)로는 맑은 기운을 얻지 못하리라. 여기서도 나그네는 탁한 기운을 걷어내는 것은 선(善)이나 자비, 그리고 사랑밖에 달리 없다는 작은 깨달음을 얻는다.

그런데도 스님들 몰래 무당들이 종종 다녀간다고 한다.

「스님들이 자는 밤 시간에 무당들이 다녀가기도 합니다. 그냥 기도만 하면 될 텐데 꼭 살생한 제물을 놓고 가니까 문제지요. 죽은 짐승들도 사람처럼 살려고 하는 생명이 아니겠습니까」

그렇다. 인간은 물론 고등동물이건 하등동물이건 모든 생물은 살려고 하는 의지를 가진 하나같이 소중한 생명체이다.

올봄에야 보물 1293호로 지정되어 보호를 받게 됐다는 중악단. 늦었지만 그래도 다행이다. 중악단의 산신도(山神圖)를 보면서 나그네는 여기에서도 산신과 사람과 동물이 평화를 이루고 있는 화엄의 세계를 만난다. 호랑이와 까치, 그리고 동자들이 산신을 에워싸고 있는 그림이 바로 그것이다.

중악단 가는 길: 공주시에서 갑사 입구를 경유하여 가는 신원사행 시내버스가 있다. 국립공원 매표소에서 걸어서 20분쯤 거리에 신원사가 있고, 신원사 오른편 경내에 작은 궁궐 같은 중악단이 있다. (전화 신원사 종무소 041-852-4230)

불행은 업장을 씻어주는 파도

새벽 예불에 띄우는 편지

승찬스님.

며칠 전의 일입니다. 십수 년 만에 대학의 한 후배를 만나게 되어 자조 섞인 실연(失戀) 얘기를 들었습니다. 여자 나이 마흔이 넘어 처음으로 한 남자에게 순정(純情)을 주었다 실연을 당했으니 그 상처가 얼마나 깊었겠습니까. 더욱이 그 후배는 석·박사 학위를 따느라고 공부만 하다가 연애다운 연애 한번 못해 본 순결한 새내기였던 것입니다. 남자와 헤어진 지가 꽤 됐는데도 제가 보기에는 아직도 상처의 푸른 멍이 그 후배의 두 눈에 가득 담겨 있는 것 같았습니다.

승찬스님.

후배는 저에게 이런 질문을 하였습니다.

「왜 저한테 이런 비극이 있었는지 알 수 없습니다」

저는 당장 아무런 위로의 말도 않고 귀기울여 듣고만 있었습니다. 남과 고통을 함께 나누며 사는 따뜻한 종교인도 못 되고, 인생을 진지하게 연구하며 사는 철학자도 아니고, 그런 비슷한 불행을 체험해 본 적이 없는 단지 소설가인 제가 무슨 말을 할 수 있었겠습니까.

그래서 저는 후배의 얘기를 다 듣고 난 후 이승에서 성불을 이룬 달마스님과 혜가스님의 얘기를 할 수밖에 없었습니다. 그 분들은 돌아가실 때 삿된 무리에 의해 독배(毒杯)를 들면서 하나같이 이렇게 말씀하셨었지요.

「전생의 묵은 빚을 갚는다」

그렇습니다. 불행을 피하기보다는 당당히 맞서는, 악(惡)마저도 껴안아버리는 자비의 극치이지요. 그 분들은 불행을 우리 속인들처럼 고통으로 받아들이지 않고 오히려 업장을 소멸시켜 주는 방편으로 보았기 때문이 아닐까요. 그렇지 않다면 반드시 죽게 되어 있는 독배를 어떻게 들 수 있었겠습니까.

승찬스님.

그 후배는 제 얘기를 한참 듣더니 고개를 끄덕거렸습니다. 달마스님이나 혜가스님의 얘기가 후배의 마음을 움직이고 있음이 분명했습니다.

「이제 무기력을 털어버리세요. 불행이 왔다는 것은 좋은 일이 그만큼 가까이 다가왔다는 암시일지도 모르니까요. 불행이란 업장을 씻어주는 거친 파도 같은 것 아니겠습니까. 힘겹겠지만 업장 소멸의 큰 파도를 맞았다고 생각하세요」

그제야 후배는 마음을 누그러뜨렸습니다. 그래서 저는 남은 얘기를 마저 꺼냈지요.

「어쩌면 그 분들은 부처의 눈으로 우주 질서를 보고 그렇게 말씀하셨을 테지요. 우리 같은 중생의 눈으로 본다면 불행이 한없이 원망스러울 뿐인데 말입니다」

승찬스님.

스님께서도 혜가스님에게 귀의할 당시에는 당신의 병(불행)을 〈죄지은 업보〉라고 원망하고 있었지요. 『조당집』을 보면 스님을 이렇게 소개하고 있습니다.

〈승찬대사는 본래 대풍질(大風疾)이라는 큰 병에 걸려 있었는데 이조(二祖) 혜가대사를 찾아가 자기의 성명도 밝히지 않고 불쑥 물었다〉고 말입니다.

「저는 문둥병을 앓고 있사옵니다. 화상께서는 저의 죄를 참회케 하여주십시오」

대풍질이란 오늘날의 문둥병을 말하는데, 소위 천형(天刑)이라 일컬어지며 그 당시에는 병 중에서도 가장 불행한 병이었을 것입니다.

아직 봉두난발이었던 당신은 온갖 약을 써도 소용이 없자 이제는 혜가스님 앞에 꿇어 엎드린 채 참회라도 하여 문둥병의 질긴 사슬을 끊고 싶었을 것입니다. 저는 한없는 자학에 빠진 당신의 심정을 충분히 이해할 수 있습니다.

그러나 죄를 참회시켜주고 불행을 따돌리는 방편이란 게 이 세상 어디에 있겠습니까. 우주의 질서로 볼 때, 병(불행) 자체가 이미 업장 소멸의 약(藥)인데 말입니다. 그래서 혜가스님은 밑도 끝도 없이 그저 불행해하는 당신에게 〈그대의 죄〉를 가져오라고 말할 수밖에 없었을 것입니다.

「그대는 죄(업장)를 가져오너라. 죄를 참회시켜 주마」

「죄를 찾아보아도 찾을 수가 없습니다」

「그렇다면 그대의 죄는 모두 참회되었느니라. 그대는 이제부터 불(佛)·법(法)·승(僧) 삼보에 의지하여 안주해라」

이때만 해도 봉두난발의 당신은 병을 앓고 있으면서도, 그게 업장 소멸의 방편인데도 업장이 소멸되었는지 모르고 있었지요.

그러나 스님. 저는 확신하여 믿습니다. 혜가스님께서 〈그대의 죄가 참회되었다〉고 단정한 것은 당신이 혹독하게 문둥병을 앓고 있기 때문이었을 것입니다.

이후 두 분의 대화도 『조당집』은 상세하게 기록하고 있지요.

「지금 화상을 뵈옵고 승보(僧寶)는 알았으나 어떤 것을 불보(佛寶), 법보(法寶)라 합니까」

「마음이 부처며 마음이 법이니라. 법과 부처는 둘이 아니요, 승

210

승찬대사는 본래 대풍질(大風疾)이라는 큰 병에 걸려 있
었는데 이조(二祖) 혜가대사를 찾아가 자기의 성명도 밝
히지 않고 불쑥 물었습니다.

「저는 문둥병을 앓고 있사옵니다. 화상께서는 저의 죄를
참회케 하여주십시오」

「그대는 죄(업장)를 가져오너라. 죄를 참회시켜 주마」

「죄를 찾아보아도 찾을 수가 없습니다」

「그렇다면 그대의 죄는 모두 참회되었느니라. 그대는 이
제부터 불(佛)·법(法)·승(僧) 삼보에 의지하여 안주해라」

——「불행은 업장을 씻어주는 파도」 중에서

보 또한 그러하니 그대는 알겠는가」

「오늘에야 비로소 저의 마음 안이나 밖에도 또 중간에도 죄의 성품이 있지 않음을 알았으며, 불보와 법보도 둘이 아님을 알겠습니다」

불행의 비구름이 걷히고 나자, 비로소 당신에게도 불보와 법보라는 환한 해가 나타난 것과 같은 이치겠지요.

「너는 나의 보배이다. 그러니 구슬 찬(璨) 자를 써서 승찬(僧璨)이라 하라」

승찬스님.

당시 사람들은 당신을 적두찬(赤頭璨)이라는 별명으로 부르기도 하였지요. 문둥병이 나아 혜가스님을 2년 동안 시봉하였는데, 문둥병의 후유증으로 머리카락이 다 빠져 붉은 머리가 되어버렸기 때문이었습니다.

스님, 저는 달마, 혜가스님에 이어 당신을 떠올려 볼 때 불행이란 〈업장 소멸의 파도〉라는 것을 한 점 의혹 없이 믿지 않을 수 없습니다.

그렇습니다. 불행이란 비극이나 고통이 아니라 업장을 씻어주는 고마운 파도일 뿐입니다. 그러니 불행이 없는 사람보다 불행이 있는 사람이야말로 얼마나 다행한 사람입니까. 때문은 영혼을 맑게 헹구어 주는 우주 질서의 자정(自淨) 세탁기를 옆에 두고 있는 사람이니까요.

미워하고 사랑하지 않으면

새벽 예불에 띄우는 편지

승찬스님.

오늘은 부산에 사는 한 분을 소개할까 합니다. 스님. 제가 좋아하는 분이기 때문에 당신께서도 호감을 가지실 것으로 믿습니다. 제가 소중하게 생각하는 분들 중에는 스님도 있고, 사업가도 있고, 교사도 있고, 소설가도 있고, 몸이 아파 어쩔 수 없이 실업자가 된 사람도 있습니다만 부산에 사는 그 분은 사업가라 할 수 있는 분입니다.

그런데 지금 생각해 보니 그 분들에게는 한 가지 공통점이 있군요. 한마디로 말씀드리자면 〈균형 감각을 가지고 세상을 순리대로 살고 있다〉는 생각이 듭니다. 균형 감각이란 조각배를 타고 삶의 거친 물살을 거스르지 않고 살아가는 분들입니다.

스님, 살다보면 언제나 시비(是非)의 파도 가운데 놓여져 있음을 느낍니다. 그런데 이 분들은 시비에 잘 휩싸이지 않지요. 언제나 시비의 중간 지점에서 항해를 하고 있을 뿐입니다. 균형 감각이란 키를 꽉 쥐고 있기 때문입니다. 그러나 스님, 저는 가끔 균형 감각을 잃고 시(是)쪽에도 갔다가 비(非)쪽에도 갔다가 하면서 갈등에 빠져들 때가 참 많지요. 그래서 번뇌 망상이 여름철 모기떼처럼 극성인가 봅니다.

승찬스님.

오늘 제가 소개하고자 하는 분은 부산에서 제일 큰 서점인 영광도서의 사장님입니다. 유머도 풍부하고 늘 여유가 있는 분이지요. 모르는 사람을 소개받을 때면 늘 이렇게 말하여 우리를 미소짓게 하지요.

「영광도서 사장, 김윤환입니다. 소개받게 되어 영광입니다」

짧은 자기 소개지만 그 속에도 유머가 깃들어 있지 않습니까. 게다가 〈영광〉이란 말을 반복하여 자기 삶에 투철한 인상까지 심어주는 화법입니다. 그러니 처음부터 서먹하지 않고 마술처럼 사람간의 간격이 좁혀져 버린답니다.

저는 그 분을 혈육은 아니지만 형님이라고 부르지요. 그럴 수밖에 없는 것이 그 분이 저를 동생을 대하는 마음으로 대해 주기 때문입니다. 제가 부산을 내려가면 꼭 승용차를 가지고 김해 공항이나 부산역으로 마중을 나오는 것은 기본이고, 하루 종일 부산 시내를 안내해 주니 어찌 형님으로 모시지 않을 수 있겠습니까.

스님. 이번에 제가 발간한 『암자로 가는 길』만 해도 그렇습니다. 책이 발간되자마자 그 분은 출판사 쪽에 연락을 하여 2백 권을 샀다는 것입니다. 서점 주인 하면 책을 팔기만 하는 사람이라는 고정관념이 있는데, 책을 사기도 하는 사람이라니 얼마나 신선한 주인공입니까.

제가 고맙다고 인사를 하자 그 분은 이렇게 말했습니다.

「난 서점 주인을 30년 해봐서 척 보면 안데이. 좋은 책이니 부산에 살고 있는 좋은 분들에게 선물할기라」

저는 그 분의 이러한 행동이 균형 감각에서 우러나온 것이라고 봅니다. 〈서점 주인〉과 〈서점 손님〉의 위치를 잃지 않은 균형 감각을 가지고 있기 때문에 가능한 일 아니겠습니까. 말하자면 책을 파는 데만 빠져 있는 〈서점 상인〉이 아니라는 것이지요.

승찬스님.

스님께서 지으신 「심신명」을 보면 처음에 이런 구절이 보입니다.

지극한 도는 어렵지 않음이요 오직 간택함을 꺼릴 뿐이니
미워하고 사랑하지만 않으면 통연히 명백하니라.

至道無難 唯嫌揀擇

但莫憎愛 河然明白

이 구절을 제가 해석하는 것보다는 성철스님께서 말씀하신 법문을 간추려 보면 이렇습니다.

　지극한 도란 곧 무상대도(無上大道)를 말합니다. 이 무상대도는 전혀 어려울 것이 없으므로 오직 간택하지 말라는 말입니다. 간택이란 취하고 버림을 말함이니, 취하고 버리는 마음이 있으면 지극한 도는 양변(兩邊), 즉 변견(邊見)에 떨어져 마침내 중도의 바른 견해를 모른다는 것입니다.

　……누구든지 무상대도를 성취하려면 간택하는 마음을 버려야 하는데, 그 가운데 대표적인 것이 미워하고 사랑하는 마음, 즉 증애심입니다. 이 증애심만 버린다면 무상대도를 성취하지 않을래야 않을 수 없습니다.

스님. 저는 이 법문을 제 그릇으로만 받아들이려 합니다. 간택하지 말라는 스님의 말씀을 〈시비에 빠져들지 말고 균형 감각을 지니며 살라는 뜻〉으로 말입니다. 우리 같은 중생이야 당신의 법문을 그 정도로만 받아들여도 짧은 인생을 여유롭고 멋들어지게 살 수 있지 않겠습니까. 당신께서 남기신 「심신명」의 대의를 깨달아 성철스님의 말씀대로 양변을 여읜 중도를 성취할 수만 있다면 그게 바로 해탈이겠지만 말입니다.

지극한 도란 곧 무상대도(無上大道)를 말합니다. 이 무상
대도는 전혀 어려울 것이 없으므로 오직 간택하지 말라는
말입니다. 간택이란 취하고 버림을 말함이니, 취하고 버
리는 마음이 있으면 지극한 도는 양변(兩邊), 즉 변견(邊
見)에 떨어져 마침내 중도의 바른 견해를 모른다는 것입
니다.

누구든지 무상대도를 성취하려면 간택하는 마음을 버려
야 하는데, 그 가운데 대표적인 것이 미워하고 사랑하는
마음, 즉 증애심입니다. 이 증애심만 버린다면 무상대도
를 성취하지 않을래야 않을 수 없습니다.

———「미워하고 사랑하지 않으면」중에서

승찬스님.

영광도서 사장님이 열어준 조촐한 출판 기념회에서는 이런 일도 있었습니다. 일행은 물미역 냄새가 짙게 밴 청사포에서 저녁을 한 후, 서울의 북악 스카이웨이 같은 달맞이고개를 넘어 해운대의 한 노래방을 들렀습니다.

당신께서는 듣도 보도 못한 노래이겠지만 저희들은 또 그런 대중 가요 때문에 한순간은 삶의 질곡으로부터 벗어나기도 한답니다.

스님, 노래방에 몇 번 가봐서 안 사실이지만 노래방 나름대로 문법이 있더군요. 우선 임시 사회자가 정해지고 노래가사나 템포에 따라 합창이 되기도 하고 독창이 되기도 하는 그런 문법 말입니다. 임시 사회자는 부산일보의 이상민 기자였는데, 누구의 강요에 의해서 정해지는 것이 아니라 저절로 이뤄지는 낭만이나 흥의 흐름이었습니다.

그런데 우리 일행 중에는 스님도 한 분 있었지요. 처음에 스님은 시끄러운 음향에다 담배 연기, 술 때문에 단단히 힘든 표정을 짓곤 했습니다.

「스님, 이런 노래방은 처음이시죠. 힘드시면 먼저 나가시죠」

「아닙니다. 정 선생의 출판 기념회 자리가 아닙니까. 저도 노래를 한 곡 부르겠습니다」

이렇게 견디면서 나중에는 정말 노래까지 몇 곡 부른 것이었습니다.

승찬스님.

산사의 물소리 바람소리와는 아주 거리가 먼, 숨가쁜 음악과 현란한 조명 아래서 우리 일행이 자청하여 어우러진 시간이었습니다. 그런데 스님, 저는 노래방에서 누가 무슨 노래를 어떻게 불렀는지 하나도 기억나지 않지만 그 끝 순서는 지금도 생생하게 잊혀지지 않습니다.

스님께서 마이크를 끈 채 「반야심경」을 독송했기 때문입니다. 우리 일행 모두는 흐트러졌던 자세를 가다듬고 두 손을 모았지요. 그리고는 모두 아침에 눈을 떴던 본래의 자세로 돌아와 「반야심경」을 함께 독송했답니다. 순간, 파도치던 바다가 잔잔해지고 그 거울 같은 수면에 저의 얼굴이 비치는 그런 느낌이었습니다.

스님. 노래방을 법당으로 만들어버린 그 스님한테서도 균형 감각이 느껴지지 않습니까. 어느 한쪽으로 기울어지지 않는 균형 감각을 지닌 스님이기에 술 같은 대중가요도 스스럼없이 불렀고, 샘물 같은 「반야심경」도 독송했을 것으로 믿어지기 때문입니다.

그렇습니다. 저는 만고의 진리인 당신의 말씀을 다시 한번 더 중얼거려 봅니다. 지극한 도는 어렵지 않음이요. 오직 간택함을 꺼릴 뿐이니, 미워하고 사랑하지만 않으면 통연히 명백하니라.

암자에는 물 흐르고 꽃이 핀다

꽃도 귀신이 되어 암자를 지키네

| 지리산 구층암 |

암자 중에는 더 정감이 가는 곳이 있다. 그런 암자 가는 산길을 걸으면 마치 고향으로 가고 있다는 느낌이다. 흙 냄새 나는 온돌방 벽에 힘겨워진 허리를 기댈 수 있고, 고향 형님 같은 스님이 반겨주니 지친 마음을 뉘일 수 있는 것이다.

발걸음이 가벼워지는 것을 보면 긴말이 필요없다. 게다가 춘사월 호시절 꽃들이 다투어 피는 암자이니 굳이 극락을 찾아 헤맬 것도 없다. 지금 구층암(九層庵)은 시절인연 따라 꽃망울이 터지면서 생기가 흘러 넘쳐흐르고 있다. 꽃을 사랑할 줄 아는 이는 진정 행복한 사람이다. 가슴 없는 사람이야말로 얼마나 불행한가. 들꽃 한 송이, 들풀 한 이파리가 절망을 희망으로 바꾸어 주기도 하고, 때로는 깊은 상처를 다독여주는 손길이 된다.

나그네는 참으로 꽃을 사랑할 줄 아는 스님을 알고 있다. 불일암에 계시던 법정스님이다. 스님은 불일암 가는 산길에 핀 작은 붓꽃들을 농막에서 일하던 일꾼이 베어버리자, 크게 화를 내신 적이 있다. 붓꽃은 스님의 길벗이었던 것이다. 암자를 오를 때마다 만나는 길벗이 갑자기 사라졌으니 나그네라도 황당해 했을 것이다.

법정스님이 생명을 사랑하는 일화 한 토막을 더 소개하자면 이렇다. 스님은 암자 마당에 나는 도토리나무 싹을 절대로 뽑지 않는다. 산기슭에서 굴러온 도토리가 다람쥐 먹이가 되지 않고, 천신만고 끝에 흙을 만나 싹을 틔웠을 텐데, 그런 생명에게 합장하지 않을 수 없다는 것. 그래서 스님은 꽃삽을 들고 나와 도토리 싹을 산기슭으로 이사시켜 준다고 한다.

구층암은 모과나무가 잘 자라는 암자이다. 암자 기둥만 해도 몇 개가 울퉁불퉁한 모과나무일 정도이다. 기둥이 되려면 적어도 몇 백년은 자라야 할 것이다. 천불보전(千佛寶殿) 앞에도 모과나무가 두 그루 있다. 한 그루는 기둥으로 사용해도 좋을 만큼 제법 굵은 고목이다.

모과나무는 초파일 전후로 꽃을 피운다. 지금은 꽃망울이 터지기 전, 초파일까지는 정확히 일주일쯤 남았다. 그러나 나그네는 미소를 지그시 참고 있는 듯한 지금의 꽃망울이 좋다. 때맞추어 암자를 잘 찾아온 셈이다. 모과나무 꽃망울은 콩처럼 동글동글하고 눈처럼 희다. 울퉁불퉁한 나무 둥치에 비하면 꽃은 귀엽고 발랄하다. 그런

낮에는 모과나무 꽃이, 밤에는 석등이 암자를 밝힌다

모과나무는 초파일 전후로 꽃을 피운다. 지금은 꽃망울이
터지기 전, 초파일까지는 정확히 일주일쯤 남았다. 그러
나 나그네는 미소를 지그시 참고 있는 듯한 지금의 꽃망
울이 좋다. 때맞추어 암자를 잘 찾아온 셈이다. 모과나무
꽃망울은 콩처럼 동글동글하고 눈처럼 희다. 울퉁불퉁한
나무 둥치에 비하면 꽃은 귀엽고 발랄하다. 그런데 모과
나무가 시골 사람 사이에 〈청춘 나무〉라고 불리는 것을
아는 이는 드물다.

———「꽃도 귀신이 되어 암자를 지키네」 중에서

데 모과나무가 시골 사람 사이에 〈청춘 나무〉라고 불리는 것을 아는 이는 드물다. 나그네도 구층암 암주 명완(明完)스님의 설명으로 알았다.

「모과나무에는 나이테가 없습니다. 그러니까 천년이 된 나무나 한 살 된 나무나 나이테가 없으니 똑같은 청춘인 것입니다. 그래서 시골 사람들 사이에서 〈영원한 젊은이〉 〈청춘나무〉라 불리게 되었습니다」

모과나무 꽃을 본 사람들이 많지 않은 것은 꽃이 피자마자 곧 낙화하기 때문이란다. 어쨌든 구층암 화원에는 모과나무 꽃 말고도 귀한 백철쭉, 영산홍, 오백 살 된 동백나무 꽃이 활짝 피어 있다. 특히 백철쭉은 80년 전에 지리산 반야봉에서 구층암으로 이식시킨 것인데, 반야봉 시절까지 합하면 족히 삼백 년은 됐다고 한다. 다만, 반야봉에 있을 때는 완전히 흰눈처럼 하얀 빛깔이었다는데 지금은 토양과 기후 때문인지 분홍빛이 조금 돌고 있다.

몇백 년을 산 백철쭉이나 동백나무는 암자를 수호하는 꽃귀신이라 불러도 좋으리라. 한자리에서 몇 백년 동안 암자를 지킨다는 것 자체가 얼마나 지중한 인연인가. 나그네가 꽃들을 보면서 감탄하자 스님이 차를 우려내 주며 말한다.

「저 꽃들은 이미 처사님을 보았을지도 모릅니다. 처사님이 전생에 이 암자를 다녀갔을지도 모르니까요. 그래서 더 반갑지 않을까요」

224

「제가 전생에 이 암자를 찾아와 저 꽃들을 보았을 거라니 신기합니다」

무슨 증거를 대고 하는 말은 아니지만 암자에서는 현실의 문법을 조금쯤 무시해도 어색하지 않다. 어색하기는커녕 마음의 뜨락에 비로소 물 흐르고 꽃이 피어나는 듯하다.

어느새 밤이다. 차를 몇 잔 마신 탓인지 오줌이 몹시 마려워 스님 방을 나서는데 북두칠성이 또렷하게 보인다. 어린 시절 평상에 누워 밤마다 눈을 맞추던 바로 그 별들이다. 어느 책에선가 보았던 부처님 말씀이 떠오른다.

〈반짝이는 별무리로 단장된 밤은 잠을 즐기라고 있는 것이 아니다. 이런 밤은 뚜렷이 아는 사람이 깨달음을 얻기에 더없이 좋은 시간.〉

그렇다. 세속의 티끌에 찌들었던 몸과 마음이 낮에는 꽃으로 밤에는 별로 헹구어지는 기분이다. 깨달음까지는 아니더라도 자신을 돌아보는 데 더없이 좋은 밤이다.

구층암 가는 길: 화엄사 법당 오른편 뒤로 난 대나무 숲 사이로 쉬엄쉬엄 5분 정도 걸어 올라가면 암자에 이른다. (전화 061-782-4146)

나그네를 보내는 스님의 마음 같은 서진암

물구나무 자세로 세상을 보면 아름답습니다. 나는 가끔
이렇게 세상을 봅니다. 꿈에서 깨어나자는 것입니다. 우
리 중생은 밤에는 밤꿈, 낮에는 낮꿈에 빠져 살고 있습니
다. 낮에 눈을 뜨고 있다고 해서 꿈에서 깨어난 것이 아
닙니다. 욕심과 집착을 버리지 않는 한 꿈을 꾸고 있는
것과 다름없지요. 밝은 법당에 있으면 부처님이 보이고, 그
렇지 않으면 부처님이 안 보입니다. 어두운 욕망의 꿈에
서 깨어나야만 행복한 자신을 만날 수 있습니다.
　　　──「어머니의 힘을 다시 받는 산길」 중에서

어머니의 힘을 다시 받는 산길

| 지리산 서진암 |

실상사 산내 암자 중에서 가장 서민적인 곳이 서진암(瑞眞庵)이다. 백장암이 선객들의 선원이라면 약수암은 학승들의 공부방 같은 곳이며, 서진암은 신도들이 자신의 소망을 비는 기도처이다. 아주 작아서 하룻밤을 묵을 방도 없지만 실상사 암자 중에서 농사꾼 신도가 가장 많은 곳이란다.

서진암은 나한상을 모신 나한기도 도량이다. 나한(羅漢)이란 깨달음을 얻은 조사(祖師)를 일컫는 말로 서진암에는 다섯 구의 나한상이 있었다고 한다. 지금은 암자에 있지 않고 모두 동국대 박물관, 실상사 등으로 외출나가 있는데, 한 구의 나한상에 음각된 명문으로 보아서 조성 연대가 중종 11년(1516년)으로 조선 전반기 조각품이라는 것이 확인되고 있다.

서진암 가는 길도 간단치 않다. 매동마을 뒤로 계속 오르막길을 올라가야 한다. 산길 군데군데 조그만 돌탑들이 솟아 있다. 아마도 흐르는 땀을 들이면서 할머니, 어머니들이 쉬어가는 곳이었으리. 그러나 그냥 푹 쉬지 못하는 것이 우리네 어머니들의 휴식이 아니던 가. 땀이 마르는 사이에도 자식 잘 되라고 돌멩이를 하나씩 올려 돌무더기를 쌓았을 것이다. 그게 바로 세월이 흘러흘러 산길의 돌탑이 된 것이 아닐까.

길을 안내하는 실상사의 환희향 처녀가 돌탑을 자랑한다.

「아무리 바람이 불어도 쓰러지지 않아요. 산길을 오르다 보면 몇 개가 더 나옵니다」

간절한 소망이 묻어 있는 돌멩이가 아니라면 진작 스러지고 흩어졌을 것이다. 돌탑을 보면서 나그네는 〈강원도의 힘〉이 아니라 〈어머니의 힘〉을 다시 한번 느낀다.

「암자에는 얼마 전에 오신 원해(圓海)스님께서 혼자 수행하고 계십니다. 성철 큰스님 상좌랍니다」

암자에 도착하여 환희향 처녀가 「스님, 스님」 하고 반갑게 부르자, 원해스님이 미소지으며 방문을 열고 나온다. 마른 참나무처럼 단단해 보이는 인상이다. 삭발한 지 얼마 안 된 듯 머리에는 피가 응고된 삭도 자국이 선연하다. 아마 삭도 자국 때문에 더 단단한 느낌이 들었을 것이다.

먼저 바위 밑에서 나오는 물로 목을 축이고 나서 방 가운데 모셔진 돌부처께 인사를 드린다. 돌부처가 바로 그 유명한 나한상이다. 입을 꾹 다문 나한이지만 이 암자의 신도들은 신통력이 센 부처님이라고 믿고 있단다. 실제로 있었던 일화다. 도둑이 나한상을 훔쳐갔더란다. 그런데 도둑의 어머니가 밤에 꿈을 꾸었는데, 그 광경을 목격했다는 것이다. 서진암 신도이기도 한 도둑의 어머니가 아들을 불러놓고 말했다.

「너 서진암 부처님을 도둑질했지」

요즘 말로 하자면 나한이 〈나한테 기도만 하러 오지 말고 가정 교육부터 잘 시켜라〉고 주의를 주었던 셈이다. 아무튼 어머니의 족집게 같은 말에 도둑은 깜짝 놀라 돌부처를 다시 암자에 갖다놓았다는 이야기다.

깐깐한 것 같은 원해스님이 갑자기 일행을 웃긴다. 이야기를 하는가 싶더니 벌떡 일어나 뒤로 돌아선 채 고개를 자신의 사타구니 사이로 내밀며 말하는 것이다.

「이렇게 물구나무 자세로 세상을 보면 아름답습니다. 나는 가끔 이렇게 세상을 봅니다. 꿈에서 깨어나자는 것입니다. 우리 중생은 밤에는 밤꿈, 낮에는 낮꿈에 빠져 살고 있습니다. 낮에 눈을 뜨고 있다고 해서 꿈에서 깨어난 것이 아닙니다. 욕심과 집착을 버리지 않는 한 꿈을 꾸고 있는 것과 다름없지요. 밝은 법당에 있으면 부처

님이 보이고, 그렇지 않으면 부처님이 안 보입니다. 어두운 욕망의
꿈에서 깨어나야만 행복한 자신을 만날 수 있습니다」

　밤에 문을 열어놓으면 나방이 촛불에 달려들어 타죽는다고 한다.
스님은 사람들도 불에 타죽기는 마찬가지라고 한다. 스님의 마지막
말에 나그네는 화상을 입을 것 같은 감동을 받는다. 삭도에 상처난
스님의 핏자국이 아름답고 부럽다.

서진암 가는 길: 백장암 입구와 실상사 사이에 있는 산내면 매동마을 뒤 산길로 걸어
서 한 시간 걸린다. (전화 063-636-3144)

간절한 확신은 어디에서 오는가

새벽 예불에 띄우는 편지

도신스님.

저는 가끔 스님들의 법명을 풀이해 보는 버릇이 있습니다. 스님의 법명도 역시 가만히 음미해 본 적이 있지요. 스님의 스승께서 지어주실 때는 더 큰 뜻이 있었겠지만 저는 그 뜻을 무시하고 저의 깊이대로 풀이해 보는 것이지요.

스님의 법명은 길 도(道) 자, 믿을 신(信) 자이십니다. 스님이 어떤 길을 가든 믿겠다는 스승의 인간적인 신뢰가 가득 찬 법명입니다. 스님께서 승찬스님을 처음 만난 게 열네 살 때였지요.

그때 어린 사미승인 당신은 승찬스님에게 이런 질문을 하였었지요.

「화상이시여, 자비를 베푸시어 해탈하는 법문을 일러주소서」

그러자 승찬스님은 당신이 혜가스님을 만났을 때를 떠올리며 조용히 미소짓습니다.

「누가 너를 속박했더냐」

「아무도 결박하지 않았습니다」

「그렇다면 무슨 해탈을 구하는가」

저는 『조당집』에 나오는 이 문답에서 좀 혼란이 옵니다. 스님의 나이 고작 열네 살일 뿐인데, 벌써 해탈 운운하다니 솔직히 믿어지지 않는 것입니다. 가령 〈망상 때문에 공부가 잘 안 됩니다. 잘하는 방법을 일러주소서〉라고 했다면 어린 사미승다운 질문이 아니었을까 하는 생각이 드는 것입니다. 그래서 저는 『조당집』의 문답을 이렇게 바꾸어 봅니다.

「화상이시여. 자비를 베푸시어 공부 잘하는 방법을 일러주소서. 망상이 자꾸 일어나 잘 안 됩니다」

「누가 너에게 망상을 가져다주더냐. 아니면 네가 스스로 망상을 일으키느냐」

「제 스스로 망상을 일으킵니다」

「그렇다면 내 스스로 망상을 잘라버리거라. 그게 공부를 잘하는 방법이니라」

이렇게 고쳐 보니 공부를 잘하려고 애쓰는 어린 사미승의 모습이 생생하게 떠오르지 않습니까. 저는 그런 사미승의 모습이 영특하고 귀여운 느낌마저 듭니다.

도신스님.

혹시 누군가가 저를 비난할지도 모르겠습니다. 이미 전생에서 선업을 수없이 닦아 세속의 나이를 초월한 스님인데 세간의 차원으로 깎아내린다고 말입니다. 그러나 저는 스님이 그때 승찬스님과 어떤 문답을 했는지보다는 그 당시 어린 사미승으로서 그 〈간절한 의문〉에 더 관심을 갖고 싶습니다.

지금 답습하고 있는 이 수행 방법보다 더 나은 방편이 있을 것이다, 그것은 무엇일까, 그 방편은 무엇일까, 스님이 고민했던 것은 바로 이러한 문제 제기가 아니었는지요.

도신스님.

그런데 수행자들은 〈간절한 의문〉 자체를 화두삼아 수행을 하더군요. 속인들은 문제 제기를 해놓고도 잊어버리거나 실천을 하지 않게 마련인데 수행자들은 〈간절한 의문〉을 끝까지 밀어붙이는 인내심과 용기가 있더군요. 말하자면 백척간두 진일보이지요.

스님. 저의 작업만 해도 그렇습니다. 저는 직업이 소설가이기 때문에 늘 작품을 쓰고 있지요. 그런데 한 작품을 쓰기 전에는 꼭 구상을 먼저 하지요. 건축으로 비유하자면 설계도일 텐데. 최상의 설계도를 만들어내기 위해 〈간절한 의문〉 속에서 고심하며 살 수밖에 없답니다.

매번 느끼는 일이지만 〈간절한 의문〉의 강도가 얼마나 셌느냐에 따라서 설계도는 마음에 들고 안 들고 한답니다. 그런가 하면 그런 의문이 저의 의식을 지배해 버릴 때가 있습니다. 오매일여처럼 설계도의 일부가 꿈속에서도 나타나니까요.

도신스님.

스님께서 얼마만큼의 인내심과 용기를 가지고 수행했는지를 『조당집』은 이렇게 기록하고 있습니다.

〈겨드랑을 자리에 대지 않고 50여 년을 보냈다.〉

이 기록은 소위 장좌불와를 말하는 것입니다. 스님께서는 60여 년간의 장좌불와 수행을 했다는 기록이지요.

이 기록을 보면서 저는 변변치 못한 소설 한 편 쓰기 위해 〈간절한 의문〉 운운하는 제가 부끄럽습니다. 제가 무슨 작품을 구상하며 거기에 빠져드는 기간은 고작 1년 내지 2년인데, 스님께서는 화두 하나를 잡고 60여 년 동안 장좌불와를 하신 것입니다. 그러니 저는 할말이 없고 스님을 존경할 수밖에 없습니다.

제가 60여 년 동안 장좌불와하면서 작품을 구상하고 집필한다면 그 결과는 아마도 이러할 것입니다. 저는 사람들로부터 가장 사랑받는 진실한 작가가 될 것이며, 국민들이 기억하는 금세기 최고의 성실한 작가가 되지 않겠습니까.

이러한 이치가 어찌 소설가에게만 국한되겠습니까. 사업하는 사

어린 사미승인 당신은 승찬스님에게 이런 질문을 하였었
지요.
「화상이시여, 자비를 베푸시어 해탈하는 법문을 일러주
소서」
그러자 승찬스님은 당신이 혜가스님을 만났을 때를 떠올
리며 조용히 미소짓습니다.
「누가 너를 속박했더냐」
「아무도 결박하지 않았습니다」
「그렇다면 무슨 해탈을 구하는가」
　　　　　　　——「간절한 확신은 어디에서 오는가」 중에서

람, 학문을 연구하는 사람, 장사하는 사람, 수행하는 사람 모두에게 적용되는 이치가 아니겠습니까.

스님께서 보여주신 또 하나의 진리는 이런 것입니다. 〈간절한 의문〉은 〈간절한 확신〉이라는 것이지요. 저는 스님의 한 일화를 읽으면서 믿지 않을 수 없습니다.

스님께서 기십 명의 무리와 함께 중국 땅 길주(吉州)에 머무르실 때였지요. 성을 나서다가 스님은 도적떼를 만나 다시 성 안으로 들어갔지요. 도적들은 곡식이나 돈을 훔치는 도적이 아니라 살인을 하고 방화를 저지르는 무서운 산적떼였지요. 스님은 그때 사람들에게 절대로 문을 열어주지 말라고 했지요. 그래도 사람들이 불안해하자 〈마하반야〉를 외우라고 하였습니다. 그러자 성 안은 밤낮으로 마하반야를 외우는 소리로 가득 차게 된 것입니다. 그때 가장 놀란 사람은 도적의 무리였다지요.

계속해서 그 선서(禪書)는 당시 상황을 이렇게 들려주고 있습니다.

도적의 괴수가 말했다.

「성 안에서 들려오는 소리가 무언지 잘 들어보아라」

그러나 그들 중에는 마하반야가 무엇인지를 아는 사람은 한 사람도 없었다.

「도대체 마하반야가 무엇이길래 밤낮으로 중얼거리는 것인지 자세히 알아가지고 일러라」

「마귀를 물리치는 주문 같습니다」

「주문이 아니라 승려들이 외우는 독경 같습니다」

「그래도 이놈들아. 밤낮으로 저 괴상망측한 소리가 들리는 게 이상하지 않느냐. 필시 무슨 조화가 있을 터인즉 내 명령이 떨어지기 전에는 절대로 성 안으로 들어가지 말라」

이렇게 79일 간이나 기다리다가 괴수는 약탈을 포기하고 도적의 무리를 데리고 물러가버렸다는 이야기입니다.

스님.

그렇습니다. 저는 마하반야의 네 글자보다는 스님께서 도적이 물러갈 것이라고 믿은 〈간절한 확신〉에 더 눈길이 끌립니다. 그런 〈간절한 확신〉이야말로 〈간절한 의문〉으로 다져진 경계 같은 것이 아닐까 하고 믿기 때문입니다.

오직 마음부처 찾아
스스로 귀의하라

발 너머의 비 내리는 절 풍경이 꿈결같다

　　빗발은 좀체로 수그러들지 않는다. 그래서 화엄사 경내에
　있는 전통찻집에서 비가 멎기를 기다려본다. 우중(雨中)
　이라 관광객은 드문 편이다. 나그네는 이런 날이 은근히
　좋다. 고즈넉한 절 풍경이 찻집의 대나무 발 사이로 꿈결
　처럼 아름다운 것이다.
　　한 스님과 구면인 듯한 어느 여신도와 딸이 합석하여 차
　를 마신다. 도회지에서 온 모녀는 절이 좋아 아예 연곡사
　부근에다 집을 짓고 살고 있는 모양이다.
　　　　　　　　──「날마다 어머니에게 차 공양 올리리」 중에서

날마다 어머니에게 차 공양 올리리

| 지리산 탑전 |

빗발이 굵어지고 있다. 봄꽃 이파리가 빗방울의 무게를 이기지 못하고 함께 떨어진다. 할 수 없이 암자의 한 스님과 함께 섬진강 상류를 대충 둘러본 뒤 서둘러 길을 재촉한다. 그래도 화엄사 탑전(塔殿)을 만나기 전에 손두부집을 들러 지리산 맛을 보지 않을 수 없다. 손두부에다 소박한 여주인의 정성까지 합하니 요기하는 데 그만이다.

빗발은 좀체로 수그러들지 않는다. 그래서 화엄사 경내에 있는 전통찻집에서 비가 멎기를 기다려본다. 우중(雨中)이라 관광객은 드문 편이다. 나그네는 이런 날이 은근히 좋다. 고즈넉한 절 풍경이 찻집의 대나무 발 사이로 꿈결처럼 아름다운 것이다.

한 스님과 구면인 듯한 어느 여신도와 딸이 합석하여 차를 마신다. 도회지에서 온 모녀는 절이 좋아 아예 연곡사 부근에다 집을 짓

고 살고 있는 모양이다. 두 모녀의 얼굴을 보니 건강미가 넘쳐흐른
다. 어머니와 딸이 산중 생활에 만족하며 친구처럼 수다를 떠는 것도
행복해 보인다. 스님들이 나누고 있는 얘기도 귀를 즐겁게 해준다.

「거기 살림은 어떻습니까」

「날마다 다르지 않습니다」

「지리산 선녀가 내려와 차 공양이라도 올립니까」

「스님도 공양 시간은 잊지 않고 계시겠지요」

공양 시간을 잊는다는 것은 정작 정신을 놓고 산다는 의미이리라.
그러니 이 스님들은 공양 시간을 가지고 서로의 정신 상태를 점검하
고 있는 것이다. 하기는 숟가락을 놓을 정도의 정신이라면 공부고
뭐고 간에 이승을 정리할 육신이 아니고 무엇이겠는가.

또한 선녀의 차 공양을 받는 신선이 되려면 열심히 수행해야 되지
않겠느냐는 당부이고, 공양 시간을 잊지 말라는 말은 건강을 위해
끼니를 꼭꼭 챙기라는 덕담이 아닐 수 없다.

비가 멎기를 마냥 기다릴 수 없어 화엄사 경내를 지나 각황전 왼
편 계단 끝에 있는 효대(孝臺)에 오른다. 효대라 불리는 것은 효성이
지극한 화엄사 창건주 연기(緣起)스님의 사연 때문이다. 사사자석탑
(四獅子石塔) 속에는 연기스님의 어머니(비구니)가 입상(立像)으로
있고, 석등 속에는 연기스님이 공손하게 무릎을 꿇고 어머니에게
날마다 차 공양을 하는 효성스러운 모습이 조각되어 있는 것이다.

242

자식인 스님과 어머니의 상이 조각된 화엄사 효대

　사사자석탑(四獅子石塔) 속에는 연기스님의 어머니(비구
니)가 입상(立像)으로 있고, 석등 속에는 연기스님이 공
손하게 무릎을 꿇고 어머니에게 날마다 차 공양을 하는
효성스러운 모습이 조각되어 있는 것이다.
　사람 냄새가 물씬 나는, 국보 제 35호로 보호받고 있는
탑과 석등이다. 우리나라 탑 가운데 효성의 사연을 사람
들에게 보여주는 유일한 조각 작품인 것이다.
　　　　　　──「날마다 어머니에게 차 공양 올리리」 중에서

사람 냄새가 물씬 나는, 나는, 국보 제 35호로 보호받고 있는 탑과 석등이다. 우리나라 탑 가운데 효성의 사연을 사람들에게 보여주는 유일한 조각 작품인 것이다. 효대의 사연을 아는지 좀 전에 만났던 모녀가 우산 한 개를 번갈아 받아들고서 어머니부터 석탑을 향하여 두 손 모아 합장을 한다. 어머니 은혜를 다시 생각해 보는 효대가 아닐 수 없다. 일찍이 고려시대 대각국사(大覺國師)도 효대에 올라 부모님께 못다한 효도를 생각하고 슬픔에 잠겨 이런 시를 읊조렸음이다.

적멸당 앞엔 승경도 많고
길상봉 높은 봉우리 티끌도 끊겼네
진종일 서성이며 지난 일 생각하니
저문 날 슬픈 바람 효대에 감도네

탑전은 한마디로 석탑과 석등이 있기에 지어진 가람이다. 그러니까 원래는 효대에서 공양이나 기도를 하는 스님이 머무는 가람인 것이다. 그러나 지금은 그 용도가 바뀌었는지도 모르겠다. 지금 비를 맞고 있는 동백나무도 석탑에게 공양을 하고 있다. 효대 주위에 자생하는 동백꽃이 붉은 꽃불을 켜들고 있는 것이다.

탑전 출입구인 성적문(惺寂門)을 가만히 밀어본다. 그리고 나서 「스님 계십니까」 하고 몇 번이나 방문 신고를 하지만 조용하다. 별

수없이 나그네는 멀리 섬진강 한 자락을 눈에 담고 암자를 나선다. 주인 허락 없이 무턱대고 암자 안을 서성이는 것도 민망한 일이기 때문이다.

탑전 가는 길: 화엄사 경내를 지나 각황전 뒷산길 108계단을 오르면 효대가 나오고, 왼편에 탑전 문인 성적문이 보인다. (전화: 화엄사 종무소 061-782-7600)

스님의 긴 그림자가 가을의 시간처럼 고독하다

나는 왜 아직도 헛된 꿈에 취해 살고 있는가. 나는 왜 근본을 찾지 않고 방황하고 있는가. 자연의 미물들을 보고서 이런 물음을 자신에게 던져보게 되는데, 이때의 산길은 인생길과 다름없다. 힘들게 오르막길을 올랐으면 내리막길은 걷는 데 공짜나 마찬가지고, 때로는 멀리 돌아갈 필요없이 나무다리가 놓여져 있는 것이다.

———「할머니 냄새가 나는 암자」 중에서

할머니 냄새가 나는 암자

숲속에는 나무들이 붉게 자해한 흔적이 또렷하다. 낙엽들이 늦가을 찬 바람결에 하염없이 뒹굴고 있다. 나무들은 지난 여름의 무성한 꿈이 헛되다는 것을 깊이 알고 있음이 아닐까. 불가에 낙엽귀근(落葉歸根)이라는 말이 전해져 오고 있다. 낙엽이 뿌리로 돌아간다는 뜻이다. 비로소 부질없는 꿈을 버리고 근본을 찾는다는 의미로도 해석할 수 있으리라.

이 말은 나그네가 산길을 오르며 젖어보는 생각의 한자락이다. 상선암(上禪庵) 오르는 산길은 가파르지도 힘들지도 않다. 그래서 한가로이 이런저런 상념에 잠겨볼 수 있다. 암자를 가서 스님을 만나야만 법문을 들을 수 있는 게 아니다. 낙엽 한 장, 바람 한자락을 마주치고서도 자연의 법문을 들을 수 있음이다.

나는 왜 아직도 헛된 꿈에 취해 살고 있는가. 나는 왜 근본을 찾지 않고 방황하고 있는가. 자연의 미물들을 보고서 이런 물음을 자신에게 던져보게 되는데, 이때의 산길은 인생길과 다름없다. 힘들게 오르막길을 올랐으면 내리막길은 걷는 데 공짜나 마찬가지고, 때로는 멀리 돌아갈 필요없이 나무다리가 놓여져 있는 것이다.

어느 때인가 공영 TV에서 한 젊은 미국인이 우리 나라로 건너와 스님이 된 사연을 방송한 적이 있는데, 우리에게 잔잔한 파문을 불러일으켰던 것으로 기억된다. 명문인 하버드대학과 예일대학을 졸업한 그의 출가 동기와, 기독교 문화권에서 자란 그의 불교적 관점이 새삼 신선하였고 그가 서구 문명의 한 상징으로 다가왔기 때문이다.

바로 그가 수행하였던 곳이 상선암의 토론이고, 그의 법명은 현각(玄覺)이다. 그는 그곳에서 불교를 머리로만 받아들이는 것이 아니라 느낌으로 이해하게 된다. 나그네는 그가 한 말 중에서 잊혀지지 않는 구절이 하나 있다.

「한국 불교에는 할머니 냄새가 배어 있습니다. 그래서 한국 불교를 사랑합니다」

그렇다. 〈할머니 냄새〉가 배였다는 감성의 표현이야말로 한국 불교를 적확하게 표현한 말이다. 거기에 함축하고 있는 의미는 한두 가지가 아니다. 어머니의 사랑보다 더 큰 사랑을 굳이 들라면 아마

할머니의 기도와 냄새가 밴 상선암

어머니의 사랑보다 더 큰 사랑을 굳이 들라면 아마도 할
머니의 사랑을 말할 수 있을 것이다. 또한 우리들이 무슨
무슨 종교를 믿는다고 하지만 사실 할머니의 믿음보다 더
순수할 수 있을까. 적어도 할머니는 당신 자신을 위해서
무엇을 이루게 해달라는 기도는 하지 않는다. 모든 기도
가 다 자식과 손자 손녀를 잘되게 해달라고 빌 뿐이다.

———「할머니 냄새가 나는 암자」중에서

도 할머니의 사랑을 말할 수 있을 것이다. 또한 우리들이 무슨무슨 종교를 믿는다고 하지만 사실 할머니의 믿음보다 더 순수할 수 있을까. 적어도 할머니는 당신 자신을 위해서 무엇을 이루게 해달라는 기도는 하지 않는다. 모든 기도가 다 자식과 손자 손녀를 잘되게 해달라고 빌 뿐이다. 아마도 현각은 묵은 장맛 같은 한국 불교 속에서 할머니의 넉넉한 사랑과 순수한 믿음을 보았을 것이다. 그래서 크게 감동하였고, 한국 불교가 천년의 전통을 이어온 것이라고 짐작했을 터이다.

또 한구절 예를 들자면,

「선이란 깨달음을 체험하는 것입니다. 김치 맛을 알려면 김치 박사가 되는 것이 아닙니다. 스스로 김치를 먹어보는 것입니다」

그가 김치를 예로 든 것은 서양사람들에게 아무리 선(禪)을 얘기해도 알아듣지 못하자, 방편으로 꺼낸 말이리라. 여기서는 더 이상 군말을 붙일 필요가 없다. 불교는 깨달음의 종교, 즉 나를 구원할 사람은 나밖에 없다는 구도(求道)의 종교이다. 누구의 말을 믿는 것이 아니라 자신이 직접 길을 찾아 구해 가는 것이다. 산길 끝에 있는 암자를 자신의 다리 품을 팔아 땀을 쏟으며 오르는 것처럼.

상선암에도 현각의 표현대로 할머니 냄새가 난다. 지리산 시암재 아래의 산자락에 남동향으로 자리한 상선암. 암자의 본래 모습은 6·25 때 불타 없어지고 지금은 양철지붕이 얹혀 있지만 그래도 할머니 신도들이 가끔씩 찾아와 시주를 하고 가는 모양이다.

암자의 한 스님은 방에서 공부하고 있고, 또 한 스님은 요사 마당의 햇볕 속에서 엎드려 졸고 있다. 두 스님은 속가 형제라고 한다.

「저기 엎드려 졸고 있는 스님이 속가 큰형입니다. 제가 둘째고요, 동생 둘도 스님입니다. 우리 사형제가 모두 출가했지요. 뭐, 무슨 의미가 있습니까. 잠시 만났다가 흩어지는 것이지요」

나그네를 상선암까지 안내한 화엄사의 한 스님 발밑에도 한 무더기의 낙엽이 뒹굴고 있다. 어디 그 스님 형제들뿐일까. 이 세상에 영원한 만남이란 없다. 언젠가는 다 흩어져 사라지게 마련이다. 그래서 만남이란 더욱 간절하고 진실해야 하는 것이다. 시간은 정녕 우리를 기다려주지 않으니까. 느티나무 아래 선 스님의 긴 그림자가 빠져 달아나는 시간처럼 더욱 고독하게 보인다.

상선암 가는 길: 천은사에서 노고단 가는 길 중간, 상선암을 가리키는 이정표 앞에 승용차를 주차시켜 놓고 거기서부터 산길을 오르면 된다. 30분 정도 천천히 오르면 암자가 나타난다. 상선암은 천은사 산내 암자이다. (전화: 천은사 종무소 061-781-0045)

문수대를 내려와 만나는 산그늘 접힌 천운사 수홍루

불상은 없어도 부처님은 있다

| 지리산 문수대 |

　암자가 지리산 노고단 부근의 해발 1450여 미터쯤에 자리하고 있다니 지레 겁이 난다. 화엄사 구층암에서 1박 하고 아침을 누룽지죽으로 해결한 뒤, 신발 끈을 조이는데 왼쪽 신발의 끈이 뚝 끊어진다. 닳아서 낡기도 했지만 너무 힘을 주었던 것이다. 긴장을 하면 근육에 힘부터 들어가는 것이 상식이다.

　그러나 겁을 가불해 내는 자신이 우습다. 그때그때 최선을 다해 산길을 오르면 그뿐이다. 궂은 날씨 때문에 백담사에서 설악산 봉정암을 다섯 시간 만에 오른 이력도 있지 않은가. 더구나 문수대는 노고단 입구의 성삼재까지 승용차로 이동하면 되므로 걷는 시간은 두어 시간이면 충분하다고 한다.

　화엄사를 출발한 시각은 오전 9시. 시간을 절약하기 위해 일찍 떠난 셈인데, 성삼재 가는 길은 그대로 주차장이다. 등산객과 관광객들을 태운 차들이 한 차선을 가득 메우고 있는 것이다. 그래도 지루하지 않은 것은 명완 스님의 재담 때문이다.

명완 스님은 어제 상선암에 이어 또다시 안내를 해주고 있다. 문수대에서 수행하였던 이야기를 우스갯소리를 섞어 해주고 있음이다.

「그때 전두환 씨는 백담사로 가고, 나는 화엄사에서 직책을 내놓고 문수대로 갔습니다. 하하하. 문수대는 백담사보다 더 험한 곳이지요. 방 하나뿐인 토굴이니까요」

문수대는 신라시대 원효스님이 수행하였다고 한다. 그러던 암자가 쓰러져 터만 전해지고 있다가 약 백년 전에 두 젊은 스님이 토굴을 짓고 수행하면서부터 문수대라고 불리어졌단다. 문수대라고 이름 붙여진 사연을 명완스님은 통도사의 경봉스님한테 들었다며 들려준다.

어느 날 두 스님은 원효스님이 수행하였던 지리산 한 터에서 용맹정진하자고 약속하였단다. 마침 겨울철이어서 두 스님은 겨울을 날 만큼만 식량을 등에 지고 산을 올랐다. 눈이 내리면 산길이 끊어져버리므로 식량을 조달하러 화엄사를 오르내릴 수 없기 때문이었다.

두 스님은 잠을 자지 않고 화두를 붙들었다. 식사 시간을 빼고는 하루 종일 참선 정진하는 것이 일과였다.

지리산 산록에 꼭꼭 숨은 문수대 돌탑

방 한칸의 돌집 토굴이다. 수행승은 외출한 듯 없고, 작은 불상(佛像) 하나 보이지 않는다. 냉기가 싸늘한 좁은 방 한편에는 이불이 잘 개어져 있다. 나그네는 돌아서려다 일행의 지갑을 서로 동의하에 털었다. 그리고는 한 사람에게 시켜 이불 속에 묻어두고 그곳을 떠났다. 불상이 없다고 어찌 부처님이 없다고 할 수 있으리. 돌집 토굴에서 공부하는 스님의 마음이야말로 지리산의 부처님이 아닐까.

——「불상은 없어도 부처님은 있다」 중에서

그러던 어느 날이었다. 머리는 산발하고 눈물 콧물 흘린 자국으로 얼굴이 지저분한 노인이 나타났다. 그 노인의 부탁인즉 두 스님과 같이 수행하자는 것. 처음에 두 스님은 거절하였다. 우선 먹을 식량이 두 사람 몫뿐이고, 방도 비좁아 여의치 않았던 것이다. 그러나 두 스님은 노인이 자꾸 부탁하니 난감하였다. 눈 쌓인 험한 산으로 노인을 내쫓는 것은 살생의 짓이나 마찬가지였고, 또 한편으로 생각해 보면 노인이 나무하고 밥해 준다고 하니 세 끼를 두 끼로 줄이면 될 것도 같아서였다.

결국 두 스님은 노인과 함께 용맹정진에 들어갔다. 스님이 졸면 노인이 나무막대기로 치고, 또 노인이 졸면 두 스님이 그의 등을 치며 졸음을 이기어 나갔다. 그렇게 한겨울이 지나갈 무렵, 노인이 두 스님을 불렀다. 그러더니 〈수행 잘하시오〉라고 한마디 한 후, 옷 속에서 짧은 지팡이를 꺼내 허공에 던졌다. 그러자 지팡이는 푸른 사자로 변하였고, 노인은 사자의 등에 탄 뒤 남해 바다 쪽으로 사라졌다고 한다.

「물론 노인은 문수보살이 두 스님의 정진을 돕기 위해서 화현한 것입니다. 보살은 법당에만 있는 것이 아니라 이렇게 나타나 뜻이 간절한 사람을 돕지요. 거룩한 모습이 아니라 우리보다 조금 낮거나 천한 모습으로 말입니다」

노고단 산장을 지나 방송국 중계탑 문 우측으로 빠져나가니 바로 내리막 산길이고 좀더 가니 나뭇가지 사이로 문수대의 지붕이 보인다. 이 문수대 역시 6·25 전쟁의 와중에 불타버리고 지금은 몽골인의 이동식 천막집인 겔(ger) 같은 모습이다.

방 한칸의 돌집 토굴이다. 수행승은 외출한 듯 없고, 작은 불상(佛像) 하나 보이지 않는다. 냉기가 싸늘한 좁은 방 한편에는 이불이 잘 개어져 있다. 나그네는 돌아서려다 일행의 지갑을 서로 동의하에 털었다. 그리고는 한 사람에게 시켜 이불 속에 묻어두고 그곳을 떠났다. 불상이 없다고 어찌 부처님이 없다고 할 수 있으리. 돌집 토굴에서 공부하는 스님의 마음이야말로 지리산의 부처님이 아닐까.

지리산을 내려와 천은사 수홍루에서 노을을 바라본다. 나그네 마음도 노을 꽃다발처럼 어느새 붉어지는 기분이다.

문수대 가는 길: 화엄사 뒤 산길로 노고단까지 가는 길로는 3시간 정도 걸리고, 승용차로 성삼재 주차장까지 가서 거기서부터 걷는다면 1시간 20분 정도 걸린다. 노고단 산장을 지나 KBS중계탑까지 50분, 다시 중계탑 우측에서 암자까지 30여 분 걸린다. (전화: 화엄사 종무소 061-782-7600)

위로받아야 할 한반도의 연꽃들

새벽 예불에 띄우는 편지

도신스님.

어제는 저희 회사 일층에 있는 다방에서 제가 아는 화가분으로부터 연꽃 얘기를 들었습니다. 전남 강진군 성전면 금당리에서 진짜 백련을 보았다고 합니다. 이제 늦여름이 되어 연꽃이 질 때이므로 한두 송이밖에 볼 수 없었지만 다른 지방에서는 그것도 구경할 수 없는 행운이라고 합니다. 그리고 그런 백련은 잎이 퍼지기 전에도, 다른 색깔이 한 점도 묻어 있지 않은 봉오리 때부터 하얀 빛깔이라고 합니다.

함께 보지는 못했지만 꽃소식을 전해주는 이야기만 들어도 눈덩이 같은 연꽃이 떠올라 정신이 개운해지는 것 같았습니다.

그런데 잠시 후에는 몇 년 전에 있었던 일이 떠올라 기분이 찜찜

했습니다. 다름이 아니라 다시 꺼내기도 부끄러운 얘기입니다만 독립기념관과 경복궁, 그리고 비원의 연못에서 연꽃이 사라지고 만 일이었습니다. 불교를 상징하는 꽃이라며 종교가 다른 관리들이 연꽃을 치워버린 몰지각 때문이었습니다.

얼마나 기가 막히는 일입니까. 연못이란 〈연꽃이 있는 못〉이라는 뜻이 아닙니까. 그리고 연꽃 자체에 무슨 종교가 있겠습니까. 인간들이 의미를 붙여놓은 것일 뿐이지요.

불자들이 항의를 하니까 독립기념관 측에서는 이렇게 해명을 했다고 합니다.

「잉어들이 연꽃의 뿌리를 먹어치워 연이 사라진 것이다」

잉어들이 사람의 말을 알아듣는다면 그런 사람들을 비웃을 테지요. 사람들이 이제는 자기들을 빌려 거짓말을 한다고 말입니다. 청정한 연꽃이 들어도 웃을 일입니다. 그들의 변명은 한마디로 거짓말이지요. 전주 덕진 공원을 가보면 그곳의 연못에는 잉어들과 연꽃들이 사이좋게 잘 살고 있거든요. 또 잉어가 연뿌리를 먹는다면 얼마나 먹겠습니까. 한심한 사람들처럼 매점매석을 하지 않고 자기들 먹을 만큼만 먹고 사는 게 잉어들이랍니다.

스님.

경복궁의 향원정(香遠亭)이란 정자도 연꽃 향기가 멀리 간다고 해서 그렇게 이름 붙여진 것이랍니다. 그런데 정자를 에워싸고 있는 연못의 연꽃을 치워버렸으니 그 정자가 얼마나 탄식을 했겠습니까. 불교를 믿지 아니한 윗사람의 비위를 조금쯤은 맞추었는지는 모르겠지만 말입니다.

이런 사실에 가장 분노한 분은 바로 법정스님이셨습니다. 이미 스님께서는 독립기념관과 경복궁의 연못을 직접 확인하시고는 끝으로 창경궁 옆의 비원 연못을 가시면서 저를 앞세웠던 것입니다.

그날은 비가 부슬부슬 내리고 있었지요. 법정스님과 저는 우산을 쓰고 산책 아닌 산책을 하며 연못이 있는 곳까지 내려갔는데 과연 연꽃은 치워지고 없었습니다. 마침 주위에 청소를 하는 분이 있어서 물었더니 그 분의 대답은 이러했습니다.

「지저분해서 치웠을 겁니다」

꽃이 지저분하다니 저는 어이가 없었습니다. 가꾸지는 못할망정 지저분하다고 하니 더 캐물어 무엇하겠습니까. 말없이 발길을 돌릴 수밖에요.

그로부터 며칠 만에 법정스님의 칼럼이 모 일간지에 게재되어 대통령까지 그 사실을 알게 되었답니다. 물론 대통령은 즉각 원상복구토록 지시를 했답니다.

도신스님.

그런데 저는 스님께 미주알고주알 이런 저잣거리의 소식을 일러바치고자 지금 편지를 쓰고 있는 것은 아닙니다. 대통령의 마음을

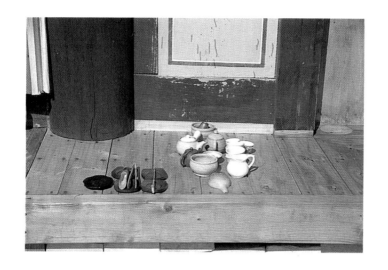

연못이란 〈연꽃이 있는 못〉이라는 뜻이 아닙니까. 그리
고 연꽃 자체에 무슨 종교가 있겠습니까. 인간들이 의미
를 붙여놓은 것일 뿐이지요.
경복궁의 향원정(香遠亭)이란 정자도 연꽃 향기가 멀리
간다고 해서 그렇게 이름 붙여진 것이랍니다. 그런데 정
자를 에워싸고 있는 연못의 연꽃을 치워버렸으니 그 정자
가 얼마나 탄식을 했겠습니까.

———「위로받아야 할 한반도의 연꽃들」 중에서

움직이게 한 법정스님의 글솜씨를 자랑하기 위해서도 아닙니다. 제가 이 편지를 쓰고 있는 이유는 그런 사건이 있은 후, 법정스님의 의연한 태도 속에서 도신스님의 한 모습을 보았기 때문입니다.

수행자는 진리에만 고개를 숙일 뿐, 세속의 권세에는 고개를 숙이지 않는다는 게 불가의 고결한 전통 아닙니까. 그런데 이러한 전통이 요즘에는 얼마나 지켜지고 있는지 의문이 듭니다. 몇해 전만 해도 국가의 누구를 위한 기도회가 버젓이 열렸으며, 최근에는 스님들의 서화 전시회나 출판 기념회 자리에 소위 국가 지도층 인사들이 나타나 축사나 격려사를 하고들 있으니 할말이 없어지고 맙니다. 왜 그런 자리가 향기롭지 못하고 나서기 좋아하는 속인들이 윗자리를 차지하고 앉아 있어야 하는지 서글프기조차 합니다.

도신스님.

법정스님께서는 연꽃에 대한 원상복구 조치를 국가 정보를 담당하는 기관의 고위 간부가 대통령의 명이라며 보고하겠다고 제의해 오자, 일언지하에 거절했다고 합니다. 뿐만 아니라 그 전에도 스님께서는 대통령의 초청을 완곡하게 거절했다고 합니다. 누구에게 전해들은 얘기가 아니라 제가 스님께 직접 들어 알고 있는 흐뭇한 사연이지요. 또한 야당의 당수가 국회의원을 스님이 계신 암자로 보내왔지만 만나기를 거절한 적도 있고요.

도신스님.

스님께서도 이런 일이 있었지요. 파두산(破頭山)에서 수많은 제자들과 함께 있을 때였지요. 수나라를 물리치고 당나라를 세운 당태종이 스님의 소문을 듣고는 만나고 싶어 사신을 파두산으로 보냈었지요.

그것도 세 번이나 말입니다. 그때마다 스님께서는 병을 핑계삼아 거절했었지요. 물론 당시는 요즘과 달라 임금의 명을 거절하면 살아남기 힘든 무서운 시절이었지요.

네번째로 신하를 보내면서 당태종은 화가 잔뜩 나 있었다고 합니다.

「만일 도신이 내 명을 듣지 않으면 그의 목을 가져오라」

사신이 태종의 말을 스님께 그대로 전하자 그때 스님께서는 신하의 칼날 앞에 당신의 목을 대어주면서도 얼굴빛 하나 변하지 않았다고 전해지고 있습니다.

사신은 몹시 놀란 채 도성으로 돌아가 사실대로 태종에게 아뢸 수밖에 없었겠지요. 그러자 당태종은 더욱 스님을 흠모하게 되었으며 당시 최고품의 주단을 사신 편에 보냈다고 하는데, 그 일은 지금까지도 불가의 귀감으로 전해지고 있습니다.

그러기 때문에 스님을 승보(僧寶)라 하고, 삼귀의(三歸依)에서는 〈거룩한 스님께 귀의합니다〉라고 다짐하는 것 아니겠습니까. 저는 지금 이 순간에도 담담한 마음으로 〈거룩한 스님께 귀의합니다〉를 마음속으로 다시 중얼거려 봅니다.

도신스님.

내년에는 저도 강진의 도당리 연못을 찾아가 히말라야 산정의 흰 눈처럼 순결한 백련을 보고, 그 청정한 소식을 스님께 전해드릴 것을 약속드리며 오늘은 이만 접겠습니다. 아무 잘못도 없이 한심한 사람들에게 잠시나마 푸대접을 받은 한반도의 연꽃 도반들에게 위문을 하고 오겠습니다.

아이야, 어서 눈물을 거두워라

새벽 예불에 띄우는 편지

홍인스님.

저는 스님을 생각할 때마다 당신의 매력적인 용모가 먼저 떠오릅니다. 스님 같은 친구가 내 옆에 있다면 얼마나 좋을까 하는 생각도 해봅니다. 「역대법보기(歷代法寶記)」를 보면 스님을 이렇게 기록하여 전하고 있습니다.

천성이 말이 없는 데다 침착하여 대중들이 놀려도 입을 다문 채 대꾸하지 않았다. 항상 맡은 일에 전력을 다하고 예의를 지키며 남 앞에 나서는 것을 싫어했다.

낮에는 대중들과 울력을 함께 하고 수행은 밤 시간을 이용하여 했다. 좌선한 채로 아침을 맞이하기가 일쑤였고 언제나 부지런하였다. 장성하여 키는 팔 척이었고 용모도 훤출했다.

이 정도면 설령 속인이라 하더라도 반하지 않을 사람이 어디 있겠습니까. 과묵하고 예의바르며 겸손한 데다 근면하고 성실한 인물의 전형을 보는 듯한 것입니다.

스님.

제가 놀라는 것은 이러한 스님의 인격이 출신 성분의 통념을 깨뜨리고 있다는 점입니다. 우리들은 흔히 〈왕대밭에 왕대 난다〉는 속담을 들어 얘기를 하는데, 스님은 그러한 우리들의 잘못된 선입관을 바로잡아준 분이라는 것입니다.

물론 석가모니 부처님이나 달마스님 등은 왕자 출신입니다. 그러나 스님은 좀 심하게 표현해서 사생아라고나 할까요. 거리에 버려지기도 했던 전력이 있던 것입니다. 여기서 저는 불교의 평등성을 새삼 느낍니다.

〈일체중생 실유불성(一切衆生 悉有佛性)〉

세상 모든 것에는 다 부처님의 성품이 깃들어 있다는 얘기겠지요. 그러니 깨치기만 한다면 빈부귀천을 떠나 다 부처님이라는 진리가 아니겠습니까.

선서들을 보면 표현의 차이는 다소 있지만 대체로 스님의 탄생을 이렇게 전하고 있습니다.

도신이 파두산에 있을 무렵 그 산중에 이름없는 노승이 한 분 있었는데, 오로지 소나무만을 심었으므로 사람들은 그를 〈소나무 도인〉 즉 재송도자(裁松道者)라고 불렀다.

어느 날 그가 도신에게 설법을 청하게 되었다. 그러나 도신은 그에게 이렇게 한마디 하고 말았다.

「그대는 이미 늙었으니 다시 태어나 찾아온다 하여도 늦었다고 생각하라」

좀 헷갈리는 설법이긴 하지만 곰곰이 생각해 보면 별로 어려운 말이 아니지요. 지금까지 나에게 법문 들을 생각은 않고, 나무꾼처럼 소나무만 심은 게으른 중인 그대는 법문 들을 자격이 없다는 면박이었을 것입니다. 자기는 고사하고 그의 자식까지도 법문 들을 자격이 없다는 것은 게으른 그에게 충격을 주기 위해 따끔하게 가한 일침임에 틀림없습니다.

스님.

선서인 『임간록(林間綠)』에는 노승이 도신스님에게 면박을 받은 후를 이렇게 기록하고 있습니다.

노승은 별수없이 도신 곁을 떠났다. 그리고 그는 이윽고 작은 개울에 다달아 징검다리를 건너가게 되는데, 그때 빨래하는 처녀를 만났다. 날은 이미 저물고 있었다. 노승이 정중하게 물었다.

「하룻밤 묵어갈 수 있겠소」

「저의 아버지가 있으니 부탁해 보시오」

「그대가 응낙한다면 가 보겠소」

그때 처녀는 고개를 끄덕여 그러라는 의사 표시를 하였고, 노승은 지팡이를 휘두르며 그곳을 떠나갔다.

그런데 기이한 일이 벌어졌다.

처녀가 다만 노승과 몇 마디 주고받았을 뿐인데 아기를 잉태한 것이다. 그러자 처녀 아버지 주(周) 씨는 집안의 막내딸인 그녀를 가만 놔두지 않고 집에서 내쫓았다.

그녀는 갈 곳이 없어 낮에는 동네에서 길쌈으로 품팔이를 하고 밤에는 행각승이 묵어가는 객사 아래에서 잠을 잤다. 그러기를 열 달 만에 사내 아기를 낳게 되었다. 그러나 그녀는 아기를 키울 수 없는 처지였으므로 마을 앞 개울에 내다버렸다. 그런데도 아기는 물에 떠내려가지 않고 오히려 또렷해진 아기 모습으로 물을 거슬러 올라오는 것이었다. 할 수 없이 그녀는 아기를 건져 올려 키웠는데, 동네 사람들은 아기를 무성아(無性兒)라고 불렀다. 성이 없는 아기, 즉 아버지 없는 아기라는 뜻이었다.

스님. 이 〈아버지 없는 아기〉가 자라서 후일 중국선의 오조(五祖)인 당신이 되니 제가 앞에서 말씀드렸던 놀라움이 하나도 과장이 아

　석가모니 부처님이나 달마스님 등은 왕자 출신입니다. 그
러나 홍인 스님은 거리에 버려지기도 했던 전력이 있던
것입니다. 여기서 저는 불교의 평등성을 새삼 느낍니다.
〈일체중생 실유불성(一切衆生 悉有佛性)〉
세상 모든 것에는 다 부처님의 성품이 깃들어 있다는 얘
기겠지요. 그러니 깨치기만 한다면 빈부귀천을 떠나 다
부처님이라는 진리가 아니겠습니까.

　　　　　　──「아이야, 어서 눈물을 거두워라」 중에서

닐 것입니다.

스님.

어젯밤 저는 아내와 함께 텔레비전 뉴스를 보다가 아내 앞에서 주책없이 눈물을 흘리고 말았습니다. 소년 가장이 아파트에서 뛰어내려 자살한 가슴 아픈 뉴스를 보았기 때문입니다. 텔레비전에 나오는 소년의 용모도 스님의 어린 시절처럼 준수했습니다. 급우들의 말을 종합해 보면 소년은 모범 학생이 틀림없으며 스님의 행자 시절 모습처럼 과묵하고 성실하고 겸손한 것 같았습니다.

이웃집에 사는 아주머니의 말은 저의 가슴을 더욱 아프게 했습니다.

「저보다도 빨래를 깨끗하게 잘 했어요. 어찌나 깔끔한지……」

소년은 유서에다 아버지의 제사를 지내지 못하는 것에 대해서도 용서를 빌고, 마지막으로 하나뿐인 남동생을 꼭 껴안아주고는 아파트 아래로 뛰어내렸다는 것이었습니다. 더욱 가슴 아프고 기특한 것은 유서에 아버지가 죽자 가출해버린 어머니에 대한 원망은 단 한줄도 없었다는 점이었습니다. 형을 졸지에 잃어버린 동생은 눈물만 떨어뜨리고 있었는데, 그때 저는 여러 가지 상념에 빠져들었습니다. 물론 텔레비전 기자의 말처럼 나를 비롯한 이웃의 무관심을 질타해 보기도 했습니다. 그러나 저는 〈추석 연휴 동안 무섭고 쓸쓸했다〉고 우는 그의 동생에게 이런 얘기를 꼭 들려주고 싶었습니다.

어린 그의 남동생에게 눈물을 닦게 하고 난 뒤, 바로 당신의 어린 시절 얘기를 말입니다. 성도 없이 천한 무성아로 자라났지만 굳센 구도심으로 끝내는 오조가 되어 성불을 이루신 당신의 인간 승리를 이야기해 주고 싶었던 것입니다.

　그렇습니다. 스님은 이 세상 어느 누구보다도 당신의 삶을 성공으로 이끈 인간 승리의 주인공이십니다. 어려움 속에서도 진리와 이상을 향한 당신의 삶은 마땅히 우리가 본받아야 할 인생에 대한 거룩한 태도가 아닌가 싶습니다.

아침 햇살이 마당을 밟고 있는 수도암

나그네는 전등(傳燈)이라는 의미를 음미해 본다. 등불의
불빛을 꺼뜨리지 않고 그 불씨를 누가 전하여 주고 있는
가. 암자를 거쳐간 이름 없는 스님들이 그러하듯 진리의
등불은 저잣거리의 부유한 절이 아니라 산중의 가난한 암
자에서, 청정한 곳에서만 산다는 반딧불처럼 점점이 명
멸하고 있다.
　　　　　　　　　　──「뜻밖에 받은 나그네의 생일상」 중에서

뜻밖에 받은 나그네의 생일상

| 운람산 수도암 |

구정을 쇠러 고향에 내려와 하룻밤을 보냈다. 설은 사흘 남았고, 오늘은 음력으로 섣달 스무이렛날로서 나그네의 생일이다. 부모의 몸을 빌려 이 세상에 나온 육신의 생일이다. 나그네는 부끄러운 날들이 많고, 또 전생을 믿기에 〈몸 받은 날〉을 그리 치지 않는다. 사실, 음력의 생일은 접어둔 지 오래이고, 식구들이 아쉽다고 양력으로 옮긴 생일마저 건너뛰기 일쑤이다.

그래서인지 무덤덤하게 달력을 보는데 문득 내일이 입춘이다. 겨울이 물러가고 봄이 들어선다는 입춘(立春). 마침 고향집 마당가에선 동백나무의 꽃망울이 붉게 부풀고 있다. 지난해 여름, 태풍에 휘둘리어 큰 가지가 부러져 난쟁이가 되었건만 보란 듯이 꽃을 피우고 있는 것이다.

고향집에 들른 나그네에게 입춘이 주는 생일 선물 치고는 과분한 느낌이다. 이런 기분이라면 방에만 틀어박혀 있을 수만은 없지. 그래, 어디론가 튀어보자. 친구야, 동백꽃 피는 날이다. 봄나들이 가자스랴.

그리하여 광주대학교에서 동양 철학을 강의하고 있는 나그네의 친구 이희재 교수와 함께 찾아가기로 한 곳이 고흥군 수도암(修道庵)이다. 친구와 나그네는 같은 고등학교와 대학교를 다녔으니 곱배기 동창인 셈이다. 그보다도 친구는 대학 졸업반 때 나그네에게 『주홍글씨』 문고본을 선물하고는 송광사로 출가한 경력이 있다. 그러니까 우리는 함께 구도의 길을 가고자 하는 도반인 것이다.

수도암은 고려가 기울기 시작하던 공민왕 19년(1370년)에 도희(道凞)선사가 창건했다고 한다. 고려 왕국은 구름 흩어지듯 역사 저편으로 덧없이 사라지고 말았지만 변방을 찾아 둥지 튼 도희선사의 숨은 구도 의지는 오늘의 암자 살림만큼 다소곳이 이어지고 있다.

나그네는 전등(傳燈)이라는 의미를 음미해 본다. 등불의 불빛을 꺼뜨리지 않고 그 불씨를 누가 전하여 주고 있는가. 암자를 거쳐간 이름 없는 스님들이 그러하듯 진리의 등불은 저잣거리의 부유한 절이 아니라 산중의 가난한 암자에서, 청정한 곳에서만 산다는 반딧불처럼 점점이 명멸하고 있다.

벌교에서 고흥은 두말할 것도 없이 소록도 가는 길. 일찍이 시인

한하운(韓河雲)이 자신의 병을 끌어안으며 눈물 뿌리고 지나갔던 길. 치열함이 어찌 출가승들만의 몫일까. 한하운의 〈전라도길〉을 한두 구절 두런거리다 보니 나그네도 코끝이 찡해 온다.

버드나무 밑에서 지까다비를 벗으면
발가락이 또 한 개 없다
앞으로 남은 두 개의 발가락.

한하운은 발가락이 한 개 한 개 사라지는 비통한 체험 속에서도 자신의 눈물겨운 생을 민요적 가락으로 남기었다. 언젠가 지수화풍으로 돌아갈 자신의 육신에 매달리지 않고, 우리들 가슴 가슴에다 애절한 시와 투명한 혼을 남긴 것이다.

그렇다. 육신이 멀쩡하다고 자신의 삶도 덩달아 건강한 것은 아니다. 우리 주위에는 발가락, 손가락 다섯 개가 온전해도 정신 못 차리고 사는 족속들이 얼마나 많은가. 하루 한순간이나마 멀쩡한 사지를 보고서 참회하고 부끄러워해야 할 일이다.

수도암이 자리한 운람산(雲嵐山)은 해발 487미터밖에 안 되어 강원도 같은 데서는 족보를 내밀기도 뭐하겠지만 바닷가인 고흥 땅에서는 〈높은 산〉 대접을 받고 있는 듯하다. 두원면 금오마을에서 한 농부에게 암자 가는 길을 묻자, 전라도 사투리로 「쩌어그 높은 산

서쪽에 있그만이라」라고 말하며 도리질한다.

길이 잘 닦여져 나그네는 친구의 승용차로 오르고 있지만 마을 할머니들이 머리에 시주물을 이고 가기에는 몹시 힘든 산길이 아닐 수 없겠다. 나그네도 시골 할머니처럼 산길을 쉬엄쉬엄 걷고 싶지만 승용차는 어느새 암자 턱밑에 주차하고 만다.

암자는 크지도 작지도 않다. 고만고만한 가람들이 어깨를 맞대고 있는데, 덩치가 작은 법당, 산신각, 요사, 종각 등은 덜 자란 동생 같고, 나한이 봉안된 무루전(無漏殿)은 나이든 형님처럼 보이고 있다.

암주인 삼묵(三默)스님은 감자밭을 지키는 씨감자 같은 분위기다. 방으로 들어가 상견례를 하고 이런저런 얘기를 나누는데 그런 느낌이 든다.

「이 년 전에 왔을 때는 빈 암자였습니다. 암자가 가난하다 보니 스님들이 살지 못하고 떠나버린 거죠. 하지만 암자 치고 이곳처럼 포근한 곳도 드뭅니다. 벌교까지 폭설이 내리지만 이곳에서는 겨우 내 눈 구경을 못합니다」

차를 몇 잔 마시고 나니 점심 시간이다. 스님은 아침을 늦게 먹었다며 동행한 친구와 나그네에게 조촐한 겸상을 차려 준다. 산중 스님에게 뜻밖의 생일상을 받고 있는 셈이다. 비록 1식 3찬, 된장국에 감장아찌와 김, 동치밋국이 전부지만 스님의 마음이 담긴 정갈한 상이다.

「스님, 된장국이 정말 끝내줍니다」

「어디 내 솜씨가 좋아 그렇습니까. 고흥 된장 맛이 좋아 그런 거지요」

내일이 입춘이다. 나그네는 저 젊은 스님의 상기된 얼굴에서 이미 들어선 봄을 읽는다. 고목의 새잎 같은 승가의 풋풋한 미래를 본다.

수도암 가는 길: 고흥군 두원면 금오마을의 초등학교에서 왼편으로 꺾어 들면 전방 5킬로미터쯤의 거리에 운람산이 있는데, 암자는 산 중턱에 위치하고 있다. 마을을 지나 저수지를 넘어서는 직진하는 길이 하나밖에 없으므로 암자를 찾기가 쉽다. (전화 061-835-5179)

중국의 금나라 왕자가 창건한 천자암의 법왕루

달빛을 길벗 삼아 산길을 오르며

| 조계산 천자암 |

　가파른 산길을 오르는데 우주의 숨소리 같은 범종 소리가 은은하게 들려온다. 다행히 산길은 열사흗날 밤 달빛이 흩뿌려져 있어 어둡지 않다. 달빛을 길벗 삼아 길을 가는 것도 참으로 오래간만이다.

　산죽 이파리에 싸락눈처럼 얹힌 서늘한 달빛을 실로 몇십 년 만에 다시 보니 마치 어린 시절에 잃어버렸던 유리구슬을 찾은 기분이다. 천자암(天子庵)이란 천자의 아들, 즉 중국의 금나라 왕자가 1343년에 고려로 건너와 창건했다고 해서 붙여진 이름이다. 그 왕자가 바로 송광사의 제 9대 담당국사(湛堂國師)인데, 왜 고려로 와서 무슨 사연으로 송광사의 수행자가 되었는지 문자로 남은 기록은 없다. 다만 스님들 사이에 설화 하나가 구전되어 전해지고 있을 뿐이다. 지장기도 중이신 활안(活眼) 노스님의 상좌인 용운(龍雲)스님의 얘기는 이렇다.

보조국사 지눌스님이 산속에서 길을 잃고 헤매고 있었는데, 그때 어린 꽃사슴이 나타나 길을 안내했다. 꽃사슴이 안내한 곳은 동굴이었다. 그래서 보조국사는 허리를 구부리고 동굴에서 어린 꽃사슴과 함께 하룻밤을 보냈다. 다음날 보조국사는 무사히 송광사로 돌아왔는데, 그때 중국에서는 금나라 장종(章宗) 왕비가 등창을 앓아 국내외의 고승을 찾고 있었다. 그러나 고승은 선뜻 나타나지 않았다. 그러던 어느 날 보조국사 앞에 법당의 나한들이 나타나 말했다.

「지눌스님께서 중국으로 건너가 기도해 주시면 장종 왕비의 등창이 나을 수 있소」

「제가 어떻게 중국까지 갈 수 있습니까」

그러자 나한이 말했다.

「스님은 선정에만 들어 계십시오」

과연 선정에 들었다 나와 보니 장종 왕비가 보조국사 눈앞에 보였다. 그런데 왕비는 자신을 동굴로 안내한 바로 그 꽃사슴이었다. 꽃사슴은 자신을 동굴로 안내한 공덕으로 왕비가 되어 있었고, 다만 동굴 속에서 스님의 허리를 구부리게 한 업으로 등창이 나 있었다.

이에 보조국사가 기도로 업을 씻어주니 등창은 깨끗이 나았고, 장종은 답례로 자신의 셋째 아들을 딸려 보냈다. 그런데 강에 다다라 배가 뜨지 않았다. 나한이 다시 나타나 말했다.

지장보살 기도처로 거듭 태어난 천자암

활안스님과 신도들이 함께 하는 〈지장보살〉 창불(唱佛)
소리에 잠을 이루지 못하다가 다시 그 소리로 선잠에서
깨어보니 어느새 새벽이다. 활안스님께서는 노구도 아랑
곳하지 않고 하루 16시간을 선 채로 떠도는 고혼(孤魂)을
위해 지장기도를 하고 있다는 것이다. 그것도 하루가 아
니라 7일 낮, 7일 밤 동안 계속한다고 한다. 그러니 신도
들이 노스님을 존경하지 않을 수 없을 것이다.

　　　　　　　　──「달빛을 길벗 삼아 산길을 오르며」 중에서

「천자는 복이 많아 배가 뜨지 않습니다. 그러니 복을 까먹게 하십시오」

「어떻게 하면 복을 까먹을 수 있습니까」

「천자가 자신의 신발을 머리에 이게 하십시오」

그렇게 하자 배는 가볍게 떴고 두 사람은 강을 건너 무사히 송광사에 도착할 수 있었다. 그리고 조계산 서쪽에 천자암 자리를 잡은 것은 먼 산 능선이 으뜸을 상징하는 한 일(一) 자로 보여 천자가 머물 만한 곳이기 때문이었다.

활안스님과 신도들이 함께 하는 〈지장보살〉 창불(唱佛) 소리에 잠을 이루지 못하다가 다시 그 소리로 선잠에서 깨어보니 어느새 새벽이다. 활안스님께서는 노구도 아랑곳하지 않고 하루 16시간을 선 채로 떠도는 고혼(孤魂)을 위해 지장기도를 하고 있다는 것이다. 그것도 하루가 아니라 7일 낮, 7일 밤 동안 계속한다고 한다. 그러니 신도들이 노스님을 존경하지 않을 수 없을 것이다. 기도 주간에는 묵언을 하신다고 하니 나그네는 천연기념물 제 88호로 지정된 쌍향수(雙香樹), 그 우람한 그늘에서 스님의 법문 같은 향 냄새를 맡으며 아침을 맞는다. 향나무는 자신을 찍은 도끼에도 향 냄새를 묻혀준다고 했던가. 간밤에 들은 용운스님의 얘기가 아직도 귓가에 맴돈다.

「태백산 토굴에서 정진할 때였지요. 박새가 제 누더기 솜옷을 부리로 쪼아 둥지를 만들더군요. 그래서 못하게 말렸더니 털신발의 털을 쪼다가 잘 안 뽑히니까 이번에는 제 머리카락을 뽑더군요. 나중에는 박새와 방에서 함께 살았지요」

박새가 머리카락이랄 것도 없는 스님의 머리카락 씨를 뽑는 그곳, 그런 곳이야말로 지장보살도 할일이 없어 코를 골며 낮잠을 즐길 수 있는 산중 극락이 아닐까.

천자암 가는 길: 송광사에서 13킬로미터 거리에 있다. 송광면 이읍에서는 걸어서 1시간 거리에 있고, 상리 마을 위쪽의 절 주차장에서는 걸어서 15분 정도 걸린다. (전화 061-754-4347)

두륜산 가슴속에 심장처럼 자리한 진불암

부처님과 다름없이 지혜를 갖춘 열여섯 분의 나한들이 편
하게 정좌해 있다. 방금 공양주 보살이 올린 마짓밥(부처
님의 점심)을 드셨는지 약간은 졸린 듯한 표정이고, 식곤
증을 즐기는 할아버지 얼굴 같기도 하다. 선가의 노고추
(老古錐)를 연상시키는 표정이 아닐 수 없다. 노고추란
〈끝이 닳아 무디어진 송곳〉이란 선어(禪語)로 무섭게 정
진하는 단계를 넘어 원숙한 경지에서 노니는 도인을 가리
키는 상징의 말이다.

——「우리는 한 뿌리에서 나온 이파리」 중에서

우리는 한 뿌리에서 나온 이파리

| 두륜산 진불암 |

두륜산 암자를 찾아가다 보면 의문 나는 것이 하나 있다. 암자들이 남향이 아니고, 왜 하나같이 북향이거나 서북향일까 하는 점이다. 그런데 그 의문은 진불암(眞佛庵) 마당에 서서 산 아래를 내려다보면 곧 해소된다. 두륜산 골짜기가 서쪽으로 발을 내밀고 있고, 그래서 암자들은 서해 한자락과 눈을 맞추고 있는 것이다.

겨울이라고 하지만 산색은 만화방창 봄날같이 푸르다. 굴참나무, 느티나무, 단풍나무 등 낙엽수들이 잎을 다 떨구고 빈 나목으로 서 있지만 동백나무, 조록나무, 굴거리나무, 북가시나무 등 상록수들이 산자락을 푸른 보자기처럼 덮고 있음이다.

진불암은 나한기도 도량이고 고려초나 조선초에 처음 지어진 작은 암자이다. 두륜산 주봉(主峰)의 가슴에 심장인 듯 자리잡고 있는 것으로 보아 예사롭지 않은 명당 같은데, 해가 서해로 떨어지는 핏빛 일몰이 장관이란다.

「법당의 나한님께서 스님들이 공부를 안하면 벌 주듯 일을 생기게 하여 시키고, 신도들도 신심이 없으면 밤에 머리끝이 쭈뼛거리는 무서움을 줍니다. 물론 잘 정진하는 사람에게는 한없이 너그러운 분입니다. 이러한 터니까 실제로 언제 시간을 내어 며칠간 머물다 가시지요」

지경(持經)스님의 얘기를 듣고 난 후, 나그네도 법당으로 들어가 나한들을 친견해 본다. 부처님과 다름없이 지혜를 갖춘 열여섯 분의 나한들이 편하게 정좌해 있다. 방금 공양주 보살이 올린 마짓밥(부처님의 점심)을 드셨는지 약간은 졸린 듯한 표정이고, 식곤증을 즐기는 할아버지 얼굴 같기도 하다. 선가의 노고추(老古錐)를 연상시키는 표정이 아닐 수 없다. 노고추란 〈끝이 닳아 무디어진 송곳〉이란 선어(禪語)로써 무섭게 정진하는 단계를 넘어 원숙한 경지에서 노니는 도인을 가리키는 상징의 말이다.

뉴욕에서 왔다는 한 여인이 나그네와 의례적인 말 몇 마디를 주고받다가 여행 가방에서 책 두어 권을 꺼내온다. 나그네에게 저자 사인을 해달라는 것이다. 그러고 보니 그 책은 나그네가 쓴 성철 큰스님의 일대기인 장편소설 『산은 산 물은 물』이다. 두륜산 깊은 산중의 작은 암자에서 만나는 이런 인연도 진불암 나한님의 영험은 아닐는지. 어느새 나그네의 가슴에는 옹달샘 샘물처럼 기쁨이 솟는다.

스치는 바람 같은 인연이기는 하지만 한 줄기 기쁨이 가슴을 적셔 주는 것이다.

그렇다. 인연이란 말처럼 불가의 정신을 잘 나타내 주고, 또한 우리들에게 친숙한 용어도 드물다. 다 알다시피 인(因)은 직접적인 원인, 연(緣)은 간접적인 원인이다. 열매가 있다면 씨앗이 〈인〉이고, 그것을 싹트게 한 햇볕이나 흙, 바람, 수분 등이 〈연〉인 것이다.

따지고 보면 우리 모두는 한 뿌리에서 나온 서로 다른 이파리 같은 존재이다. 그러니 본래는 나와 남이 없는 것이다. 무아(無我)란 이런 의미에서 나온 말인지도 모르겠다. 불행은 나를 고집하고 집착하는 데서 싹튼다. 진정한 자비야말로 나와 남을 분별하지 않는 열린 마음이 아닐까.

나그네는 나와 남을 분별하지 않는 마음이야말로 우리가 영원히 사는 길이라고 믿는다. 과거와 현재, 미래의 시간을 넘어서 계시는 무량수(無量壽) 무량광(無量光)의 아미타부처님이 되는 길이라고 생각하는 것이다. 하나의 생, 한 그루의 나무가 아닌 불멸의 생, 울창한 숲이 된다고 믿는 것이다.

진불암 가는 길: 관음암 입구에서 시멘트 포장길을 타고 오르다가 비포장인 왼편 숲길로 들어서서 조그만 다리를 지나면 약수터가 나타나는데, 바로 위가 진불암이다. 등산을 하려면 대흥사 경내 서산대사 유물관을 지나 우측 골짜기를 타고 30-40분 오르면 된다. 좌측은 북암이나 일지암 가는 산길이다. (전화 061-533-9289)

관음암 스님은 낙엽이 아니라 번뇌를 쓸고 있다

　　스님은 어제 큰절 스님이 올 겨울을 날 쌀과 난방용 기름
을 주었다고 자랑한다. 끼니 걱정을 덜었고 방이 따뜻하
니 무얼 더 욕심 내겠느냐는 표정이다. 의식주를 걱정하
는 것은 나그네와 별 차이가 없으나 그 질은 크게 다르
다. 창호지를 바른 작은 방과, 덜 먹고 덜 입는 것에 자
족하는 시절이 나그네에게도 올 것인지 관음전 뜨락의 대
나무에게 묻지만 말이 없다.

　　　　　　　　　　　　　──「누가 관세음보살이 되는가」 중에서

누가 관세음보살이 되는가

| 두륜산 관음암 |

대흥사 하면 가장 먼저 떠오르는 스님이 있다. 바로 남북을 가릴 것 없이 가장 존경하는 스님 중 한 분인 서산대사(西山大師) 휴정(休靜 1520-1604)이다. 실제로 북한도 서산대사가 머물렀던 묘향산을 중심으로 한 일대에 스님의 유적만은 성지처럼 각별하게 잘 보존하고 있다는 소식이다.

「내가 죽은 후에 가사와 바리때를 두륜산 대둔사(대흥사의 옛 이름)에 전하라」

임진왜란 때 승군 최고 지휘자가 돼 나라에 충(忠)을 다했던 서산대사는 제자인 사명스님에게 이런 유언을 내렸다. 이후 대흥사는 선종과 교종을 통합한 서산종(西山宗)의 둥지가 되어 왔던 것이고.

스님은 두륜산에 당신의 유품을 남겨야 될 이유를 세 가지로 유언

하고 있다. 그 하나는 산과 바다에 둘러싸인 두륜산 골짜기는 깊고 그윽하므로 만세에 허물어지지 않을 땅이라는 것. 또 하나는 후세의 어리석은 사람들이 당신의 가사와 바리때, 왕이 하사한 대선사 교지(敎旨) 등을 보고 어찌 깨우침이 없겠느냐는 것이고, 셋째는 제자들이 남쪽에 많이 수행하고 있으니 스승인 부용 영관(芙蓉 靈觀 1485-1571)의 가풍을 잇기에 적합한 터전이라는 것이다.

일주문 안의 부도탑들 한가운데 자리한 서산대사의 부도를 보니 문득 가슴이 서늘해진다. 이끼 낀 돌덩이로 침묵하고 있는 것이 아니라 어리석은 사람들을 향해서 사자의 벼락치는 소리로 할을 하고 있음이다.

「그대는 내 가사와 바리때를 보고도 어찌 어리석게 사는고」

그렇다. 스님의 가사와 바리때는 당신의 유언대로 오늘 우리에게 던지는 화두이다. 어리석은 자들에게 깨우침을 주고자 하는 당신의 묵언이다. 그런데도 절을 찾는 대부분의 사람들은 예의 없이 당신의 가사와 바리때를 한낱 과거의 유품 정도로만 보고 간다.

나그네는 일주문을 서둘러 나와 좀전에 봐둔 관음암 길을 오른다. 관음암은 진불암이나 북암을 가는 초입에 있는 암자이다. 지어진 지 십수 년밖에 안 되지만 오래된 가람처럼 애늙고 낯익어 보인다. 암자 이름이 친숙하기 때문이리라. 사실 우리나라 암자 이름 중에 가장 많은 것이 관음암이다. 아기가 칭얼대면 젖을 물리듯 빌기만 하면 현실의 소원을 다 들어주는 관음보살이 너그러운 어머니처럼 주불(主佛)로 봉안되어 있기에 그러하리라.

관음보살은 누구인가.

나그네는 최근에 중국에서 입수한 한문 소설 형식의 〈관세음보살본행경〉을 〈아, 관세음보살〉이란 이름으로 편역한 적이 있다. 그때 관세음보살의 자비를 다시 한번 느꼈는데, 책의 대강 줄거리는 다음과 같다.

한 왕국의 공주가 부귀영화를 누릴 수 있음에도 불구하고 불법을 선택하여 부왕에게 갖은 고통과 박해를 받다가 마침내는 부왕의 몹쓸병을 고치기 위해 자신의 손과 눈을 떼어주어 천 개의 손과 천 개의 눈을 가진 천수천안 관세음보살로 성불한다는 이야기이다.

진정 부처 되기를 바란다면 누군가가 자신의 두 눈과 두 손을 달라고 한다면 기꺼이 내어줄 수 있는 자비가 있어야 하지 않을까. 그리고 그 자비란 기도와 서원만으로 그저 생기는 것이 아니라 처절한 고통과 불구덩이 같은 시련 속에서 자라고 깊어지는 거라고 생각된다.

암주 스님은 결제철이므로 선방에 가고 없고, 암자를 지키는 성문(聖門)스님이 녹차를 우려내 준다.

「아침을 못했다고요. 때가 지나 밥은 못하고요, 마침 저의 비상 식량인 우유와 초콜릿, 주스가 있습니다. 이거라도 먼저 드십시오」

마땅한 반찬이 없어 밥이 없다고 하는지도 모르겠다. 스님은 어제 큰절 스님이 올 겨울을 날 쌀과 난방용 기름을 주었다고 자랑한다. 끼니 걱정을 덜었고 방이 따뜻하니 무얼 더 욕심 내겠느냐는 표정이다. 의식주를 걱정하는 것은 나그네와 별 차이가 없으나 그 질은 크게 다르다. 창호지를 바른 작은 방과, 덜 먹고 덜 입는 것에 자족하는 시절이 나그네에게도 올 것인지 관음전 뜨락의 대나무에게 묻지만 말이 없다. 대나무 잎에 떨어지는 햇살이 눈부시기만 할 뿐이다.

관음암 가는 길: 대흥사 일주문에서 도보로 20여 분 거리에 있다. 산길을 승용차로 쉽게 갈 수도 있으나 특히 봄날 천연기념물 제 173호로 지정된 왕벚꽃나무 꽃무더기를 그냥 지나치는 것은 그만큼 손해다. (전화 061-534-6791)

무상스님을 다시 기다리며

새벽 예불에 띄우는 편지

마조스님

저는 당신이 중국의 고승이지만 매우 친근하게 느껴집니다. 신라의 선불교를 구산선문으로 말합니다만 그중에서 무려 일곱 파의 선문이 바로 당신의 문중에서 나왔기 때문입니다.

당신의 제자인 서당, 염관, 마곡, 남전, 장경에게 법을 받은 신라의 홍척이 실상산문을, 도의가 가지산문을, 혜철이 동리산문을, 무념이 성주산문을, 철감이 사자산문을, 원감이 봉림산문을 열었던 것입니다.

그런데 왜 신라의 구산선문 중 일곱 파의 선문이 당신의 문중에서 나왔을까요. 저는 늘 이 점이 미스터리였습니다. 신라의 구법승들이 왜 당신의 문중으로만 갔던 것일까요.

우연의 일치였을까요. 구법을 위해 죽을 고비를 넘기며 천신만고 끝에 낯선 땅을 찾았을 때 어디로 먼저 가겠습니까. 아무래도 인연이 있는 곳을 먼저 찾아갔을 것 같습니다. 그렇습니다. 당신의 문하로 신라승들이 들어간 것은 분명한 이유가 있을 것입니다.

마조스님.

당신의 스승은 회양입니다. 그런데 회양의 행장은 혜능스님의 문중을 선양하기 위해 펴낸 「보림전」이나 혹은 「경덕전등록」에 나오긴 나오는데, 아주 조금 기록되어 있습니다. 한두 개의 짧은 일화가 전부이지요. 당신의 스승이자, 혜능스님의 제자라면 굉장한 스님일텐데 겨우 그렇다는 것입니다.

스님. 이상하지 않습니까. 혜능스님의 법이 회양에서 당신으로 이어지는데, 회양의 부분이 매우 허약한 것입니다. 혹시 회양의 부분이 누군가에 의해서 꾸며진 가짜가 아닐까 하는 의혹이 듭니다.

마조스님.

당신의 스승은 회양이 아니라 혹시 신라 출신의 스님이 아니었습니까. 신라에서 건너간 무상(無相)스님 말입니다. 이게 사실이라면 첫번째 저의 의혹은 깨끗이 지워지고 맙니다. 신라의 구산선문 중 일곱 파의 선문이 당신의 문중에서 나온 인연을 미루어 짐작할 수 있기 때문입니다. 당신의 스승이 무상스님이었고, 그래서 신라의 구법승들은 당신의 제자들에게서 공부했을 거라는 가설을 세울 수

무상스님의 설법은 언제나 쉽고 간결했다고 합니다.

「술에 취하여 거리에서 자고 있는 아들이 있다고 하자. 그 아들은 술에 취해 어머니가 와서 깨워 집으로 데려가려 해도 어머니에게 도리어 소리를 친다. 일체 중생은 무명이란 술에 취해 자기 몸의 눈을 뜨고 견성 성불을 하려고 하지 않는다」

「무명이 얼굴을 내밀면 반야가 얼굴을 감춘다. 무명이 얼굴을 감추면 반야가 얼굴을 내민다」

「물결을 떠나서 물이 없고, 물을 떠나서 물결은 없다. 물결은 망상, 물은 불성이니라」

——「무상스님을 다시 기다리며」 중에서

있기 때문입니다. 실제로 중국의 정중종 법계도는 오조 홍인에서 지선―처적―무상으로 이어지고 그 밑에 당신과 무주·신청·정중신회 등으로 그려지고 있지 않습니까.

두번째 의혹은 당신의 스승이 무상스님인데도 왜 회양이라는 가공의 인물을 꾸며냈을까 하는 점입니다. 혜능스님의 선맥을 잇기 위해 그랬을 거라고 이해는 되지만, 왜 무상스님의 자리에 회양을 끼워넣었을까 하는 점이지요.

마조스님.

당신이 더 잘 아시겠지만 무상스님은 이런 분이었습니다. 속성은 김 씨이고, 신라 성덕왕의 셋째 왕자로 태어나 일찍부터 불법에 눈을 떴다고 합니다. 그리하여 구법을 위해 당나라로 떠나게 되었던 것이지요.

그런데 당나라 스님인 처적(處寂)은 병중이라 무상스님을 만날 수가 없었습니다. 이에 무상스님은 물러서지 않고 자신의 손가락을 잘라 태운 후 처적에게 바칩니다.

처적은 감동하여 무상스님을 자신의 곁에 2년이나 머물게 했습니다. 이후 무상스님은 사천성 관현 서남에 있는 천곡산에 들어가 스승 처적의 두타행을 받들어 처절한 수행을 했습니다.

무상스님은 풀을 엮어 옷으로 삼고 선정 삼매에 들곤 했는데, 짐승들이 스님 곁으로 다가와 서로 물어뜯으며 싸우기도 하고, 어떤

날은 스님의 배를 톡톡 건드리기도 했지만 좌선을 조금도 흐트러뜨리지 않았다고 합니다.

이런 무상스님은 짐승의 몰골과 흡사했다고 전해지고 있습니다. 가끔 사냥을 하러 산에 올라온 사냥꾼들이 스님에게 활을 겨눈 적이 한두 번이 아니었다고 합니다.

마조스님.

무상스님이 저잣거리로 나온 것은 절도사의 간청이 끊이지 않았기 때문이라고 하지요. 사천성의 절도사 장구겸경(章仇兼瓊)은 불심이 돈독했던 신자였는데, 그는 어려운 일을 당할 때마다 무상스님을 친히 영접하곤 했답니다. 장구겸경이 절도사에서 호부상서로 영전되어 궁으로 돌아가고 난 후, 무상스님은 안록산의 난으로 몽진해 온 현종을 만나 법문하기도 했지요.

이러한 사실은 무상스님의 법력을 중국 천하에 알리는 계기가 되었지요. 당시 중국에 왔던 티벳 사절단이 돌아가는 길에 성도에 들러 무상스님의 법문을 듣고는 자국에 퍼뜨린 것이 중국 불교가 티벳에 진출한 시초가 되었고요.

무상스님은 성도 태수의 도움을 받아 정중사(淨衆寺)를 세워 20여 년 동안 주석하면서 잇달아 대자사(大慈寺), 보리사(菩提寺), 영국사(寧國寺) 등을 세웠는데, 이때가 절정기였다고 합니다.

그래서 정중종이란 일파가 중국 천하에 퍼져나가게 되었고, 멀리는 신라에까지 뻗어나가 신라의 스님들 가슴에 자존의 불을 질렀던 것입니다.

무상스님의 설법은 언제나 쉽고 간결했다고 합니다.

「술에 취하여 거리에서 자고 있는 아들이 있다고 하자. 그 아들은 술에 취해 어머니가 와서 깨워 집으로 데려가려 해도 어머니에게 도리어 소리를 친다. 일체 중생은 무명이란 술에 취해 자기 몸의 눈을 뜨고 견성 성불을 하려고 하지 않는다」

「무명이 얼굴을 내밀면 반야가 얼굴을 감춘다. 무명이 얼굴을 감추면 반야가 얼굴을 내민다」

「물결을 떠나서 물이 없고, 물을 떠나서 물결은 없다. 물결은 망상, 물은 불성이니라」

몇 가지 예입니다만 이 정도면 중국인들을 충분히 감동시켰을 것 같습니다. 그러나 무상스님이 세수 79세로 입적에 든 이후에는 중국인 제자들이 떠나고 맙니다. 무주는 정중종을 떠나 보당종을 열었지만 역사 속에 흐지부지되고 말았고, 그 밖에도 마찬가지입니다.

마조스님.

왜 그랬을까요. 당신마저도 입적 후에는 당신의 제자들에 의해 회양을 다리로 하여 혜능스님 쪽으로 가버리고 말지요. 혹시 무상스님이 동쪽 변방인 신라에서 온 스님이라서 당신의 제자들이 그렇게 조작한 것은 아닐까요. 당신의 스승이 신라 사람이기 때문에 중국인으로서 자존심 상한 일이어서 그랬던 것은 아닐까요. 스님. 중국 선불교사의 미스터리는 미스터리이고 무상스님 같은 위대한 스님이 우리나라에 다시 출현하기를 기다리며 오늘은 이만 펜을 놓겠습니다.

전봉준 장군이 하룻밤을 자고 간 청류암

청류암도 언젠가는 돈 냄새가 나는 새로운 옷으로 갈아입을지 모른다. 그러나 이끼 낀 돌담이나 돌샘, 수령이 백여 년 된 배롱나무, 누더기 같은 요사는 그대로 남기는 것이 좋을 것 같다. 청류암은 부디 현대라는 이름의 흉터가 생기지 않기를 바란다. 나그네는 누가 뭐라고 해도 세월의 생채기를 넉넉하게 안고 사는 어머니 같은 암자가 좋다.

———「눈덩이로 불을 꺼 지킨 암자」중에서

눈덩이로 불을 꺼 지킨 암자

| 백암산 청류암 |

청류암(淸流庵)은 백양사 산내 암자지만 경내를 거치지 않고 가는 암자이다. 절 입구의 승용차 통제소 밑에서 왼편으로 난 산길을 따라가다 보면 암자에 이른다. 마침 백양사 경내에서 우연히 청류암 암주(庵主)의 상좌인 금강스님을 만나 안내를 받았다.

스님의 얼굴이 해맑다. 동안거를 운문암에서 보냈다고 한다. 깊은 산속에서 안거를 마치고 나온 스님들의 얼굴을 보면 막 풀 먹인 장삼처럼 까실까실하다. 눈은 산짐승을 닮아 선하게 느껴지고.

「시야가 확 트인 운문암이 정진 터라면 산에 감싸인 청류암은 보임(保任) 터입니다. 운문암에서 깨친 스님들이 다 이곳에서 보임을 하고 나가셨지요. 특히 조계종 종정을 지내신 만암스님께서 이곳에서 오랫동안 수행하셨습니다」

청류암은 백암산 자락들에 둘러싸여 그윽한 기운이 느껴진다. 그래서인지 해가 떨어지려면 아직 멀었는데 산그늘이 암자 마당까지 드리워져 있다. 녹두장군 전봉준이 전생에 무슨 인연으로 이곳에서 하룻밤 자고 능선을 넘어가다가 밀고자의 고발에 붙잡혀 전주 감영으로 끌려간 것일까.

암자에서 마지막 밤을 보낸 전봉준이 부지깽이로 썼다고 전해지는 글씨가 돌샘 옆의 바위에 음각되어 있다.

〈남천감로(南泉甘露)〉

아무리 가물어도 마르지 않는 샘이라고 한다. 목마른 이에게 물을 보시하는 것만큼 큰 공덕이 또 있을까. 하룻밤 꿈 없이 편한 잠을 이룬 전봉준이 고마운 마음으로 무명의 샘에 이름을 붙여주었는지도 모른다.

「만암스님께서는 교육에 관심이 많았어요. 바로 이곳이 극락전 자리인데, 지금은 불에 타 없어졌지요. 이 극락전에 광성의숙(廣成義塾)을 설립하여 젊은 스님들을 불러다 현대의 교육을 시켰지요」

일찍이 추사 김정희가 백파(白坡)스님에게 석전(石顚), 만암(曼庵), 다륜(茶輪)이라는 세 가지 호를 써주며 제자 중에 불법을 깨친 스님이 나오거든 하나씩 나누어주라고 하였는데, 그 글씨가 아직도 전해오고 있다.

극락전은 6·25전쟁 때 불타 없어져 지금은 채마밭으로 이용되고 있다. 다만 쇠북[金鼓]이 하나 남아 관음전에 매달려 있는데, 거기에 불기 〈2952년 10월〉〈주지 만암〉〈극락전〉이라는 명문이 새겨져 있을 뿐이다.

그나마 관음전이 불타지 않은 것은 마을 사람들의 공덕이리라.

「극락전에 불이 나자, 마을 사람들이 올라와 눈덩이를 만들어 던져 관음전까지 불이 붙지 못하게 했다고 합니다. 마을 이장의 증언이지요」

암자 기둥 사이에 상서로운 동물들이 투각된 관음전이 마을 사람들의 눈물겨운 노력으로 남아 있다는 게 참으로 다행이다. 요즘 암자들을 가보면 선인들의 숨결이 스민 옛것들이 하나둘씩 사라지고, 기계의 힘을 빌린 무표정한 것들이 주인 행세를 하고 있기 때문이다.

청류암도 언젠가는 돈 냄새가 나는 새로운 옷으로 갈아입을지 모른다. 그러나 이끼 낀 돌담이나 돌샘, 수령이 백여 년 된 배롱나무, 누더기 같은 요사는 그대로 남기는 것이 좋을 것 같다. 청류암은 부디 현대라는 이름의 흉터가 생기지 않기를 바란다. 나그네는 누가 뭐라고 해도 세월의 생채기를 넉넉하게 안고 사는 어머니 같은 암자가 좋다.

청류암 가는 길: 백양사 경내로 들어가기 전, 승용차 통제소에서 왼편으로 난 산길을 따라 오르면 암자에 다다른다. 승용차 길이 닦여 있지만 옛 산길도 남아 있다. (전화 061-392-7802)

서옹스님의 선필에 눈을 씻고 만나는 운문암

십여 리 산길이 오르막길로만 이어지고 있기 때문이다.
다만, 계곡의 물소리를 들으며 나무 이름들을 화두 삼아
오르다 보면 힘든 줄 모를 뿐.
아무리 뜯어 맞추어 보아도 이름의 뜻을 알 길이 없는
〈까마귀 베개〉〈개서어나무〉〈곰의 말채〉 등등의 나무들
이 산길 가에 저마다 다른 모습으로 이름표를 달고 있는
것이다.

—「나무 이름들도 화두가 되네」 중에서

나무 이름들도 화두가 되네

자연은 종교를 묻지 않고 너와 나라는 편가름이 없다. 운문암 계곡에서 흘러온 물과 천진암 계곡에서 흘러온 물이 합쳐지는 곳에 쌍계루란 누각이 있는데, 거기 천장 아래에 시인 묵객들의 글이 한데 어울려 있다.

특히 숭유배불론자인 정도전도 백암산의 풍광에 반하여 글을 남기고 있다. 고려시대 유학자 이색, 정몽주, 조선시대 유학자 서경덕, 최익현의 글도 누각 안쪽에 걸려 있다.

백암사 산내 암자인 운문암(雲門庵) 가는 길은 쌍계루가 기점이다. 쌍계루 왼편으로 난 산길을 오르다 보면 운문암에 이르는데, 암자 이름 그대로 〈구름의 문〉까지 가려면 땀을 두어 번 정도는 흠뻑 쏟아야 한다.

십여 리 산길이 가도가도 계속해서 오르막길로만 이어지고 있기 때문이다. 다만, 계곡의 물소리를 들으며 나무 이름들을 화두 삼아 오르다 보면 힘든 줄 모를 뿐.

아무리 뜯어 맞추어 보아도 이름의 뜻을 알 길이 없는 〈까마귀 베개〉 〈개서어나무〉 〈곰의 말채〉 등등의 나무들이 산길 가에 저마다 다른 모습으로 이름표를 달고 있는 것이다.

암자에 다다르니 먼저 운문선원과 염화실이 눈에 띈다. 처마 밑에 걸린 현판의 글씨는 서옹스님의 선필(禪筆)이다. 조계종 최고의 선사인 서옹스님은 염화실에 계시는데, 요즘처럼 해제철에는 아래 큰 절인 백양사에서 머무신다고 한다.

서옹 큰스님은 88세의 고령이지만 정정하고 학처럼 단아하다. 그런가 하면 웃으실 때는 천진난만한 아이 같고, 이야기를 하실 때는 이웃집 할아버지 같다.

「조선시대 스님이셨지. 진묵스님이 어린 사미승일 때였어. 운문암 노스님들 차 심부름하고, 신장(神將)들 마짓밥 올리는 것이 일이었지」

그런 어느 날 한 노스님의 꿈에 신장이 나타나,

「진묵은 석가모니 부처님 화신인데 공양받기가 미안하오. 그러니 진묵을 시키지 마시오」 하더란다.

이후 진묵은 더욱 정진하여 조실스님이 되었고 암자를 떠나면서

「내가 다시 올 때까지 이 불상을 개금하지 말라」하고는 자취를 감추었다고 한다.

개금이란 조성한 지 오래되어 빛이 바랜 불상에 다시 황금빛 금물을 입히는 일인데, 쓸데없이 불상에 정성들이지 말고 수행에 용맹정진하라는 경책의 말씀이 아니었을까. 몇 백년이 지난 요즘에도 귀담아 들어야 할 말씀이 아닐 수 없다.

바로 그런 경책의 정신을 잇고 있는 분이 서옹스님이다. 지난 동안거(冬安居) 때는 20여 스님 모두를 차례차례 염화실로 불러 큰 죽비로 3대씩 때리며 의문난 것을 질문케 하고, 명쾌한 답을 내리셨다고 전해진다. 나그네도 질문을 하나 하지 않을 수 없다.

「큰스님, 어떻게 사는 것이 잘 사는 것입니까」

이에 스님께서는 자상하게 타이르듯 말씀하신다.

「첫째, 자신을 가지시오. 열등의식을 버리라는 말이오. 사람에게는 한량없는 능력과 지혜와 공덕이 있소. 둘째, 신념을 가지시오. 당신이 왜 백양사에 왔소. 먼저 여기에 오겠다는 한 생각을 냈기 때문이오. 그러니 신념을 가지면 무슨 일이든 이루어지고 맙니다. 셋째, 남을 위해 일하시오. 자기 자신만을 위하지 말고 여러 사람을 위해 일하시오. 농사꾼이든 장사꾼이든 남을 위해 일하고 있다고 생각한다면 농약을 함부로 치거나 거짓말을 하지 못해요」

암자를 다니면서 느끼는 일이지만 큰스님들의 말씀은 간단하고

쉽다. 또한 자비롭다. 사진을 부탁하자 〈소원이라면 들어주지〉 하시
면서 「또 모델이 되는구먼. 하하하」 웃으시며 수선화가 짙푸른 마당
으로 내려서신다.

운문암 가는 길: 백양사 쌍계루에서 3킬로미터 떨어진 백암산 자락에 있다. 가파른
오르막길이어서 쉬지 않고 걸어도 50여 분 걸린다. 호남 제일의 선원이라고 하지만
그것은 수행하는 스님들 차지이고 나그네에게는 쉬엄쉬엄 가는 산길이 눈에 선하다.
(전화 061-392-7706)

저녁 무렵, 스님의 소종 소리에 하루가 접히고 번뇌가 스러진다

정찬주

1953년 차와 소리의 고장 보성에서 태어나 동국대학교 국문과를 졸업하였다.
대학 시절부터 청정한 대숲에 둘러싸인 여름 산사나 눈에 덮인 겨울 암자를 찾아다니며 소설을 습작했다.
〈한국문학〉 신인상에 소설 「유다학사」가 당선되면서 작품 활동을 시작하여,
1998년 성철스님의 일대기를 다룬 장편소설 『산은 산 물은 물』을 발표했다.
이어 1999년 만해 한용운의 삶과 사랑을 그린 장편소설 『만행』을 펴냈다.
일찍이 법정스님으로부터 무염(無染)이라는 법명을 받았고
현재 〈암자를 좋아하는 사람들〉이라는 모임을 이끌며 전국 심산 계곡의 암자 기행에 나선 작가는
이미 여러 권의 암자 기행문을 선보였다.
그러나 책머리에 실린 〈작가의 말〉처럼 이 책은 암자 기행문의 완결판이라 할 수 있을 것이다.
이제 작가는 떠돌이 나그네 생활을 정리하고
스스로 깊은 산중에 조촐한 암자를 지어 들기로 하였다는 속마음을 보이고 있기 때문이다.

암자에는 물흐르고 꽃이 피네

1판 1쇄 찍음 2000년 7월 5일
1판 1쇄 펴냄 2000년 7월 10일

지은이 · 정찬주
펴낸이 · 박맹호
펴낸곳 · (주)민음사

출판등록 1966. 5. 19. 제 16-490호
서울 강남구 신사동 506번지 강남출판문화센터 5층 (우)135-120
대표전화 515-2000 팩시밀리 515-2007
www.minumsa.com